KB072759

호감 받고 성공 더! 1

인기영 장편소설

초판 1쇄 찍은 날 § 2017년 4월 24일
초판 1쇄 펴낸 날 § 2017년 5월 1일

지은이 § 인기영
펴낸이 § 서경석

편집책임 § 김경민

펴낸곳 § 도서출판 청어람
등록번호 § 제387-1999-000006호
등록일자 § 1999. 5. 31
어람번호 § 제1-2682호

주소 § 경기도 부천시 부일로 483번길 40 서경B/D 3F (우) 14640
전화 § 032-656-4452 팩스 § 032-656-4453
http://www.chungeoram.com
E-mail § chungeorambook@daum.net

ⓒ 인기영, 2017

ISBN 979-11-04-91304-4 04810
ISBN 979-11-04-91303-7 (세트)

FUSION FANTASTIC STORY

인기영 장편소설

호감받고 성공더!

1

86/1

청어람
도서출판

호감 받고
성공더!

Contents

프롤로그

안경 여드름 돼지!

줄여서 안여돼.

그것이 김두찬의 인생이었다.

평생 연애 같은 것은 해본 적도 없고 인간관계도 그다지 좋지 않았다.

20살이 되어 그토록 희망하던 대학에 입학하고 나서도 바뀌는 건 없었다. 단순히 오타쿠처럼 보이는 외형 때문에 대부분의 사람들이 김두찬을 멀리했다.

그렇다 보니 김두찬의 생활은 현실보단 게임 속에 갇혀 있는 경우가 더 많았다.

게임에서는 모든 게 가능했다.

마왕을 때려잡는 용사도, 주변에 여자가 가득한 킹카도, 부와 명예를 거머쥔 유명인도, 모든 사람들이 좋아하는 멋진 인간도 될 수 있었다.

하지만 현실은 그에게 냉혹하기만 했다.

물론 김두찬이 스스로를 바꾸려고 노력을 안 해본 것도 아니었다. 남들처럼 열심히 운동을 하고 피부 관리도 받았다.

그렇지만 왜인지 살은 빠지지 않았으며 여드름은 갈수록 번식했다.

설상가상 머리에는 부분 탈모까지 생겼다.

머리카락은 직모도, 반곱슬도 아닌 게 애매해서 어떻게 손질을 해도 비에 젖은 개털 같았다.

이대로 살다가는 제명에 죽기 전에 우울증에 걸려 죽을 판이었다.

올해 20살의 팔팔한 청년 김두찬에게는 소원이 하나 있었다.

'나도 금수저 물고 태어난 엄친아처럼 멋지게 살고 싶다!'

단 한 번이라도 좋으니 꼭 그런 삶을 살아보고 싶었다.

잘생기고, 몸 좋고, 재능 많고, 못하는 거 없고, 돈 버는 재주에 머리까지 똑똑한 사람!

그런 사람이 되어 남 부러운 것 없이 멋진 인생을 누려보고 싶었다.

그러나 거울 앞을 마주하면 늘 팩트 폭행만 당할 뿐이었다.

결국 이런 꿈은 다음 생에서나 이루어야 하는 것일까?

한 번만!

제발 내 인생에 단 한 번만!

그런 삶을 살아볼 수 있기를!

간절히 바라고 바라던 그에게 어느 날 문자가 한 통 도착했다.

—안녕하세요, 김두찬 님. 우주 최초 리얼 시뮬레이션 '인생 역전'의 플레이어로 선정되신 걸 축하드립니다! 접속하시겠습니까?

YES/NO

김두찬의 손이 아무 생각 없이 YES를 터치하는 순간, 그는 어디인지 모를 공간으로 빨려들어 갔다.

그리고.

"이, 이게 뭐야?"

사람들의 머리 위에 뜬 숫자들이 눈에 보이기 시작했다.

그것은 사람들이 김두찬을 향해 느끼는 '호감도'였다.

온통 하얀 공간이었다.

김두찬은 안경을 고쳐 쓰고 사방을 죽 둘러봤다.

전부 하얗다. 그게 다였다.

"뭐야, 이거?"

접속하겠냐는 물음에 YES를 터치했더니 갑자기 이런 곳으로 와버렸다.

현실적으로 받아들이기 힘든 상황에 김두찬은 덜컥 겁이 났다.

그때였다.

─환영합니다~ 안여… 아니, 김두찬 님!

귀에 쏙쏙 꽂히는 생기발랄한 여인의 음성이 어딘가에서 들려왔다.

아무래도 방금 안여돼라고 말하려 했던 것 같았지만 아무래도 상관없었다.

김두찬은 일단 여기가 어디인지 알고 싶었다.

"누구세요? 여기 어디에요?"

─이곳은 우주 최초 리얼 시뮬레이션, 인생 역전의 게임 속 공간이랍니다.

우추 최초 리얼 시뮬레이션?

인생 역전?

무슨 말인지 도통 알아먹을 수가 없었다.

그러거나 말거나 여인의 목소리는 계속해서 이어졌다.

─김두찬 님께서는 지구의 유일한 플레이어로 선정되셨습니다. 그럼 지금부터 현실 세계와 동기화를 시작하겠습니다. 즐거운 시간 되시길 바랍니다~!

사근사근한 말투와 달리 설명은 불친절했다.

"저, 저기 잠깐만!"

김두찬이 사라지는 목소리를 붙잡으려는데 주변이 서울의 길 한복판으로 바뀌었다.

김두찬은 보도블록 위에 멍하니 서 있었다.

사람들은 그런 김두찬의 주변을 바쁘게 지나갔다.

그런데 사람들의 머리 위에 무언가가 보인다.

그것은 다름 아닌 붉은색의 숫자였다.

거의 모든 사람들이 0이라는 숫자를 머리 위에 달고 있었다.

그때 다시 여인의 음성이 들려왔다.

─사람들의 머리 위에 보이는 수치는 두찬 님에 대한 호감도예요~

"그럼 0이라는 건 나한테 전혀 호감이 없다는 얘긴가?"

─그렇죠. 그들은 두찬 님과 어떠한 연결고리도 없는 남이니까요. 하지만 다른 사람을 한번 볼까요?

갑자기 주변 배경이 동네 슈퍼로 변했다.

김두찬이 자주 애용하는 작은 슈퍼로 푸짐해 뵈는 아주머니가 운영하는 곳이다.

슈퍼 아주머니는 카운터에 앉아 텔레비전을 보고 있었다. 그리고 머리 위엔 20이라는 숫자가 적혀 있었다.

"20? 이 정도면 제법 괜찮은 건가?"

─딱 손님과 슈퍼 사장님 사이의 관계 정도 되겠네요. 그럼 이번엔 또 다른 케이스를 살펴볼게요.

주변의 광경이 두찬이 다니고 있는 대학교 강의실로 바뀌었다.

김두찬은 태평예술대학 시나리오극작과에 재학 중이었다.

김두찬은 강의실 창가 쪽 맨 뒷자리에 앉아 있었다.

강의실엔 30명 정도 되는 학생들이 보였다.

김두찬과 같은 과 사람들이었다.

그들의 머리 위엔 제각각의 숫자들이 마구 떠다녔다.

그중 가장 높은 호감도를 가지고 있는 이는 그나마 김두찬과 말이 통하는 친구 재덕이었다.

"53."

─그 정도면 친구 사이가 성립되겠네요. 하지만 저 정도의 호감도로는 상황에 따라 얼마든지 두찬 님을 배신할 수 있으니 조심하세요.

"하아, 그렇군."

김두찬의 시선이 다른 사람들의 호감도를 살폈다.

대부분이 10 이하였다.

같은 과에 재학 중이지만 누구도 김두찬을 친구로 생각하지 않는다는 뜻이다.

"에이 씨… 슈퍼 아주머니의 호감도가 20이었는데……."

판매자와 손님의 관계보다 못한 수치였다.

한숨을 푹푹 내쉬며 다른 숫자들을 살피는 김두찬의 표정이 굳어버렸다.

"뭐야? ─17. ─5. ─8. ─3."

─숫자 앞에 마이너스 표시가 붙는 건 무관심을 떠나서 비호감이라는 뜻이에요.

"으에에엑!"

김두찬은 놀라 기함을 터뜨렸다.

마이너스가 붙은 사람들 대부분이 여자였다.

"이게 뭐야! 이거 정말 정확한 거야? 내가 대체 저 사람들한테 뭘 했다고!"

―아주 정확한 수치랍니다.

정체 모를 여성은 김두찬이 갖고 있던 일말의 희망마저 짓밟았다.

대체 이게 어찌 된 영문이란 말인가? 내가 뭘 했다고? 난 아무것도 한 게 없는데? 그런데도 내가 비호감이라고? 그 정도면 인생 자체에 문제가 있는 거 아니야?

김두찬이 머리를 움켜쥐고 절망했다.

주변의 배경이 우르르 무너져 내리고 다시 하얀 공간이 나타났다.

김두찬이 좌절하건 말건 친절한 음성은 다시 들려왔다.

―김두찬 님! 이 게임의 목적은 말 그대로 두찬 님의 인생을 역전시키는 것이랍니다. 빠지지 않는 외모에, 여러 분야에 뛰어난 능력도 있고 돈까지 많이 버는 완벽한 인생을 향해 가는 방법? 아주 간단해요. 사람에게 가장 소중한 재산이란 바로 주변의 인연! 즉, 두찬 님 주변 사람들의 호감도를 높은 수치로 끌어올리면 된답니다. 지금처럼 밑바닥 인… 아니, 조금 우울할 수 있는 인생을 완전히 바꿀 수 있는 기회예요. 우리를 믿고 이 게임에 최선을 다해 임해주세요. 그럼 두찬 님의 앞날이 밝아질 거예요.

"잠깐만… 이거, 지금 이게 현실이라고? 설마… 꿈이겠지. 그래, 꿈일 거야. 하하하. 맞아 꿈이야, 이건! 무슨 SF 영화도 아니고 현실에서 이런 게 가능할 리가 없잖아! 이건 꿈이다아 아아아!"

―과연 그럴까요? 명심하세요. 타인의 호감도를 끌어올리면 김두찬 님에게 좋은 일이 생길 거라는 사실을! 그럼 즐겜하시길!

여인의 음성이 끝남과 동시에 김두찬은 어딘가로 빨려들어가는 느낌을 받았다.

그리고 하얀 공간이 사라졌다.

*　　*　　*

쾅쾅!

방문을 부서져라 두들기는 소리에 김두찬이 눈을 떴다.

"으음?"

방바닥에 자빠져 있던 김두찬이 벌떡 일어났다.

"오빠! 또 늦잠이야?!"

문 밖에 여동생 김두리의 목소리가 들렸다.

자? 내가 잤다고? 김두찬은 주변을 둘러봤다. 익숙하고 정겨운 자신의 방이었다.

그럼 그렇지!

역시 꿈이었어!

그런 일이 현실에서 일어날 리가 없지!

그렇다는 건 사람들의 머리 위에 있던 호감도 수치도 전부 잘못된 것일 테고! 하하하하하!

김두찬은 괴상한 꿈에서 빨리 깬 걸 다행으로 여기며 방문을 열었다.

문 앞에는 귀염성 있게 생긴 김두리가 짜증 섞인 얼굴로 서 있었다.

"밥 먹으래!"

"어, 그래. 밥 먹……."

순간 김두찬의 다리에 힘이 풀렸다.

김두찬은 저도 모르게 비틀거리며 뒤로 물러나다가 풀썩 쓰러졌다.

그걸 본 두리가 뒤돌아서 소리쳤다.

"엄마! 돼지 쓰러졌어! 콜레라 걸렸나봐아아!"

여동생한테 돼지니, 콜레라니 같은 말을 듣다니, 충격적인 일이 아닐 수 없다.

하지만 지금 이 순간 김두찬에게 더 충격적인 것은 바로 두리의 머리 위에 떠 있는 숫자였다.

'5.'

"슈퍼 아줌마도 20이었는데……."

우리 사이, 남보다 못한 사이.

"꿈이 아니었어……."

리얼 가상현실 게임, 인생 역전이 김두찬의 세계와 완벽하게 동기화되었다.

＊　　　＊　　　＊

김치찌개와 계란말이, 조미김, 소시지 계란 부침, 소고기 장조림, 고사리 무침, 겉절이까지 상 위엔 온통 김두찬이 좋아하는 반찬들만 가득했다.

하지만 김두찬은 지금 밥이 제대로 넘어가질 않았다.

'대체 이거 뭐야?'

아까부터 눈앞에 이상한 정보창이 떠 있었다.

이름: 김두찬

성별: 남

키: 168㎝

몸무게: 102㎏

얼굴: 0/100(F)

몸매: 0/100(F)

체력: 0/100(F)

손재주: 0/100(B)

그것은 흡사 온라인 게임을 할 때 뜨는 캐릭터의 스테이터스 창과 비슷했다.

─빙고!

"으악!"

김두찬이 머릿속에서 갑자기 들려온 음성에 소리를 질렀다.

그 바람에 계란말이를 집으려던 두리가 경기를 일으켰다.

"으아아아아~! 뭐야! 왜! 뭐! 계란말이 안 먹으면 될 거 아냐, 돼지야!"

"아, 아니, 그게 아니라……."

"나 그냥 학교 갈래."

두리가 벌떡 일어나서 가방을 메고 집을 나섰다.

"두리야! 마저 먹고 가! 계란말이 더 해줄게!"

두찬의 엄마 심현미가 소리쳤다.

그러자 아빠 김승진이 말렸다.

"됐어요. 그냥 놔둬."

"아침을 든든히 먹어야 나중에 골병 안 드는 거예요."

"쟤 고집 부리면 말 안 듣는 거 알잖아."

엄마가 한숨을 푹 쉬며 두찬을 나무랐다.

"애, 너는 동생이 계란말이 좀 먹을 수 있지 소리를 그렇게 지르니?"

"네? 그게 아니라……."

"하여튼 누구 닮아서 저리 식탐이 많은지."

"당신 닮았겠지."

아빠가 태연하게 고사리 무침을 집어 먹으며 선수를 쳤다.

"식탐은 당신 닮은 거거든요?"

"아니야. 당신 쪽이야."

"당신 쪽이에요."

옥신각신하는 두 사람의 머리 위에는 각각 70이라는 숫자가 보였다.

두찬이 지금까지 보아온 수치 중에 가장 컸다.

'저 정도 수치면 날 엄청 좋아하시는 거겠지?'라는 두찬의 희망적인 생각에 찬물을 끼얹는 음성이 머릿속에 울려 퍼졌다.

─가족인데 저 정도면 낮은 거죠.

"엑?!"

또다시 놀란 김두찬이 기함을 터뜨렸다.

소시지 계란 부침을 먹으려던 아빠가 놀라서 수저를 탁 놓고 일어났다.

"나 나가서 먹을게."

"아부지, 그게 아니라……."

"다 먹어라, 다 먹어."

엄마도 엉덩이를 털고 일어났다.

모두 집을 나가고 결국 김두찬만 집 안에 남게 되었다.

─보세요. 다들 두찬 님의 작은 행동에도 짜증을 버럭버럭

내시죠? 그건 곧 한심해도 핏줄이니 어쩔 수 없이 같이 산다는 의미와 같답니다. 그것이 수치화돼서 나타난 게 70인 거죠.

"근데… 너 대체 정체가 뭔데 아까부터 내 머릿속에서 떠드는 건데!"

―GM(Game Master)이라고 생각하세요. 아, 자기소개를 안 했네요. 제 이름은 로나예요. 왠지 꽃향기가 날 것 같은 이름이죠?

"잘 모르겠는데."

―그런 식으로 사람을 대하면 평생 호감도 안 올라갈걸요? 다시 본론으로 돌아가서 지금 두찬 님 눈앞에 보이는 건 상태창이 맞아요.

김두찬은 다시 한번 상태창을 살폈다.

이름, 성별, 키, 몸무게는 정확했다. 그런데 얼굴, 몸매, 체력의 수치가 왜 0인 것인지 의문이었다.

―얼굴, 몸매, 체력 수치가 0인 건 말 그대로 전부 꽝이라서그래요.

"그럼 내가 잘생겨지거나 몸매가 좋아지면 수치가 올라가는 거야?"

―아니오. 수치가 올라가면 잘생겨지고 몸매가 좋아져요.

엥? 수치에 따라 저절로 외형이 변한다고?

김두찬의 상식으로서는 이해할 수 없는 부분이었다.

하지만 이미 상식을 벗어난 일들이 계속해서 일어나고 있는 상황이다.

로나의 말을 못 믿을 것도 없었다.

"수치는 어떻게 올리는데?"

─사람들의 호감도를 올리면 올라간 호감도만큼 보너스 포인트가 주어져요. 그걸 투자해서 올리면 돼요.

호감도를 올리라는 말을 듣는 순간, 김두찬은 이미 반은 망한 게임이라고 생각했다.

현실의 김두찬에게 그것은 난공불락의 요새를 맨손으로 공략하라는 것과 다름없었다.

지금까지 사람과의 교류라고는 개미 발톱의 때만큼도 없이 살아왔다.

그런데 하루아침에 그런 일을 어떻게 해내라는 것인가?

"불가능해."

─가능해요. 이건 리얼 시뮬레이션 '게임'이니까. 평소에 게임 많이 해보셨죠?

"으, 응."

─게임을 하던 대로만 하면 문제없을 거랍니다. 발상을 전환해 보세요. 어때요? 쉽게 느껴지죠?

"아니야. 어려워. 충분히 어렵다고. 내 인간관계가 얼마나 열악한지 너도 봤잖아."

─그렇죠. 강의실에서 봤던 그 수치는 정말 절망적이었죠.

"…팩트 폭행 그만해."

─아무튼 전부 이해되셨나요?

"글쎄… 이게 머리로 이해한다고 끝인 상황이 아닌지라……."

─막상 시작해 보면 금방 체감할 거예요. 튜토리얼은 얼마든지 하게 해드릴 테니 일단 밖으로 나갈까요? 어영부영대다가 지각한답니다. 오늘 첫 수업 오전에 있잖아요?

로나의 말대로였다.

"지각은 안 되지."

김두찬은 뭐가 뭔지 모르는 상태에서 무작정 학교로 향했다.

*   *   *

김두찬의 집은 경기도 구리시에 있다.

학교가 있는 삼성동까지는 버스와 지하철을 한 번씩 타야 도착할 수 있었다.

그의 집에서 버스 정류장까지는 10분 정도 걸어가야 했다.

길을 걸으며 스쳐 지나가는 모든 사람들의 머리 위에는 숫자가 떠 있었다.

아무리 봐도 신기한 광경이었다.

정류장에 도착해 버스를 기다리니 얼마 안 있어 잠실행 버스가 도착했다.

구리에서부터 잠실까지는 1시간이 족히 걸린다. 때문에 서서 가는 건 사양이었다.

버스 안은 만석이었다. 좌석에 앉은 모든 사람들의 머리 위에도 0이라는 숫자가 보여 어지러울 지경이었다.

이대로 서서 가야 하나 한숨부터 나오려던 찰나, 뒤쪽 2인 좌석에 빈자리가 하나 보였다.

창가 쪽으로는 김두찬과 비슷한 또래의 여자가 앉아 있었다.

김두찬은 여자의 옆으로 가서 앉았다.

여자는 김두찬을 힐끔 보더니 아무 관심 없는 듯 다시 창문으로 시선을 돌렸다.

그런데.

'뭐야?'

머리 위의 수치가 0에서 −5로 하락했다.

'난 그냥… 옆에 앉은 것뿐인데 어째서!'

아무 상관없는 남이었다가 비호감인 사람이 되어버린 것이다.

─이제 자신이 사회에서 어떤 입장에 놓여 있는지 잘 알겠죠?

느닷없는 로나의 팩트 폭행에 김두찬이 땅이 꺼져라 한숨을 내쉬었다.

"하아아아."

동시에 옆에 앉은 여자의 호감도가 -10으로 내려갔다.

'제기랄!'

숨만 쉬어도 비호감이 되는 남자가 여기 있었다.

그러나 로나는 뭐가 신나는지 여전히 생기발랄했다.

-자~ 그럼 지금부터 튜토리얼을 시작해 볼까요? 오늘은 하루종일 튜토리얼을 한다고 생각하세요. 우선 옆자리에 앉은 여자를 바라보세요.

김두찬이 여자에게 시선을 뒀다. 그러자 눈앞에 떠 있던 상태창이 사라지고 기다란 말 칸이 떴다.

[내가 옆에 앉은 것만으로도 불쾌해하는 그녀. 여기서 난 어떻게 할 것인가?]

1. 무시하고 가만히 있는다.

2. 말을 건다.

'이건 또 뭐야?'

이건 마치 비주얼 노블 게임을 하다 선택 기로에 놓인 상황 같았다.

-앞으로 어떤 갈림길의 상황에 놓이게 되었을 땐 랜덤한 확률로 그런 선택지가 뜰 거랍니다. 두찬 님의 선택에 따라 상대방의 호감도가 높아질 수도 있고, 하락할 수도 있죠. 어떻

게 하시겠어요?

김두찬은 잠시 생각했다.

'지금 옆자리의 여자는 내 외모를 보고 비호감으로 생각해 버렸어. 이런 상황에서는 어떤 말을 걸어봤자 좋은 결과를 기대하긴 어렵지. 내가 무슨 언어유희의 제왕이 아니고서는 말이야.'

괜히 호감도가 더 떨어지지나 않으면 다행이다.

'1번.'

김두찬이 1번을 선택했다. 그러자 선택지가 사라졌다. 호감도는 −10 그대로였다.

─짝짝짝! 현명한 판단이셨어요.

'그런데 내가 거기서 말을 건다고 하면 어떻게 되는 거야?'

─어떤 말을 걸 건지에 대한 선택지가 다시 떠요. 선택지는 두 가지가 될 수도, 그 이상이 될 수도 있답니다. 상황에 따라 2차 선택지가 뜨지 않는 경우도 있고요.

'아……'

상황을 겪으면 겪을수록 더더욱 게임과 비슷했다.

처음에는 그저 정신이 없었는데 시간이 흐르니 조금 적응이 됐다. 오히려 약간 재미있는 것 같은 기분도 들었다.

'이거 어쩌면 정말 잘할 수 있을지도……'

다른 건 몰라도 게임이라면 자신 있었다.

김두찬의 마음 속에서 겨우 희망의 불씨가 피어나고 있을 때, 버스가 정차했다. 이윽고 무거운 짐을 머리에 인 할머니 한 분이 탑승했다.

차비를 낸 할머니가 빈자리를 두리번거리며 찾다가 입맛을 쩝 다셨다. 김두찬이 그런 할머니를 가만히 바라보고 있자니 또다시 선택지가 나타났다.

[무거운 짐을 들고 탄 할머니가 보인다. 어떻게 하겠는가?]
1. 자리를 양보한다.
2. 나도 힘들다. 모른 체하고 간다.

김두찬은 망설임 없이 1번을 선택했다.

그러자 신기한 일이 벌어졌다. 자신의 몸이 저절로 일어나 할머니에게 향했다. 그러고서는 제멋대로 입이 움직였다.

"할머니, 여기 앉으세요."

"웅? 아유~ 됐어요, 됐어. 나 금방 내려요."

"어디까지 가시는데요?"

"잠실~"

금방 내린다고 하시더니 목적지가 종착역이다.

앞으로 50분은 더 가야 했다.

"금방이 아닌데요, 뭐. 어서 앉으세요."

"아유, 고마워. 학생!"

할머니는 김두찬이 양보한 자리에 엉덩이를 붙였다.

그러자 할머니 머리 위의 숫자가 0에서 15로 변했다.

'우와!'

김두찬은 처음으로 겪는 호감도 상승에 기분이 날아갈 듯 좋아졌다. 한데 거기서 끝이 아니었다. 두찬의 옆자리에 앉아 있던 여자의 호감도도 −10에서 8로 상승해 있었다.

할머니에게 자리를 양보하는 모습에서 호감이 올라간 것이다.

김두찬의 눈앞에 새로운 창이 떴다.

[호감도를 23포인트 얻었습니다. 보너스 포인트를 분배해 주세요.]

'엥? 어째서 23이야? 할머니가 15, 여자가 −10에서 8로 올랐으니까 18. 합하면 33이잖아?'

─아니에요. 여자분이 처음 두찬 님을 봤을때의 호감도는 0이었죠?

'그랬지.'

─처음 찍히는 호감도에서 깎아먹는 수치는 반영이 안 돼요.

'엑? 그런 거야?'

─아울러 한 번 호감도를 올려 보너스 포인트를 획득한 경우에 대해서 설명드릴게요. 지금 두찬 님께서 할머니의 호감

도를 15까지 올렸죠?

'응.'

—그런데 밉보여서 다시 10으로 깎였다가 예쁜 짓해서 도로 15가 될 경우에도 보너스 포인트는 없답니다.

'으아. 빡빡하네, 정말.'

—어머나? 저는 후하다고 생각하는걸요. 불평 그만하시고 보너스 포인트부터 분배해 봐요.

'음… 그전에 상태창을 다시 보고 싶은데.'

김두찬이 그런 생각을 하자마자 상태창이 눈앞에 떠올랐다.

이름: 김두찬

성별: 남

키: 168㎝

몸무게: 102㎏

얼굴: 0/100(F)

몸매: 0/100(F)

체력: 0/100(F)

손재주: 0/100(B)

—지금 하신 것처럼 상태창은 열람하고 싶다는 의지의 발현만으로 얼마든지 볼 수 있어요. 다시 닫고 싶을 때도 마찬

가지랍니다.

'아, 그렇군. 편리하네. 근데 저 F라는 건 뭐야?'

―학점으로 이해하시면 편하실 거예요.

'학점? 그럼 지금 내 얼굴, 몸매, 체력이 전부 낙제점이라는 거야?'

―그걸 꼭 물어봐야 아시겠어요? 팩트 폭행 한 번 더 해드 려요? 하지만 너무 낙담하지 마세요. 각각의 항목을 100포인 트 전부 채울 경우 '레벨 업!' 하실 수 있으니까요. F의 상위 등급은 당연히 E가 되겠죠?

'그럼 최상위 등급은 A가 되겠네?'

―지금으로선 그렇답니다.

고개를 끄덕이던 김두찬의 눈에 손재주라는 스탯의 랭크가 들어왔다.

'근데 손재주는 왜 B랭크야?'

―두찬 님의 재능 중에서 가장 쓸 만한 부분이더라고요.

그 말을 듣고 가만 생각해 보니 정말 그랬다.

김두찬은 어렸을 때부터 그림을 제법 그렸다.

뿐만 아니라 프라모델 조립도 수준급이다.

요리는 나름 간은 맞출 줄 아는 수준으로 한다.

게임을 하며 조이스틱을 열심히 만졌고, 키보드도 신나게 두들겼다.

다른 동갑내기들이 친구와 어울려 놀 시간에 김두찬은 혼자서 손으로 즐길 수 있는 것들을 해왔다.

당연히 손재주가 늘 수밖에!

당장은 그 높은 손재주가 어디에 유용하게 쓰일지 알 수 없다. 그래도 자신에게 뛰어난 재능 하나가 있다는 게 감사했다.

―이제 보너스 포인트를 분배해 보세요.

'음… 우선은 얼굴에 몰빵!'

김두찬이 23포인트를 전부 얼굴에 때려 부었다. 그러자 갑자기 뺨이 살짝 간질거렸다. 무언가 변화가 일어난 게 틀림없었다. 김두찬은 스마트폰을 꺼내 카메라를 켰다. 그리고 셀카 모드로 자신의 얼굴을 감상했다.

"우왓!"

김두찬은 저도 모르게 소리쳤다가 얼른 입을 다물었다.

버스 안에 있던 사람 중 반 이상의 호감도가 일시에 ―1, 2 정도 하락했다.

"죄, 죄송합니다! 죄송합니다!"

사과를 한 김두찬이 다시 카메라에 비친 자신의 얼굴을 살폈다.

놀랍게도 그 많던 여드름이 반은 사라져 있었다.

'기적이다! 이건 기적이야!'

김두찬이 속으로 쾌재를 불렀다.

마음 같아서는 덩실덩실 춤이라고 추고 싶은 걸 꾹 참았다.

어차피 춤도 잘 못 춘다.

―거봐요. 호감도를 올리면 좋은 일이 있을 거라고 했죠? 어때요. 아직도 이 게임 마음에 안 들어요?

김두찬이 모가지가 부러져라 고개를 내저었다.

'아니! 정말 마음에 든다! 인생 역전!'

―그럼 보너스로 더 좋은 걸 알려 드릴게요. 저 할머니의 호감도 수치를 일시적으로 100까지 올려볼게요.

김두찬의 눈에 비치는 할머니의 호감도가 순식간에 100으로 바뀌었다.

그러자 할머니의 정수리에서 하얀빛의 구가 솟아 나왔다.

김두찬은 순간 할머니의 영혼이 빠져나오는 줄 알고 경악했다. 하지만 그건 영혼 같은 게 아니었다.

―두찬 님이 보고 계시는 빛의 구는 보너스 스탯이라는 거예요.

'보너스 스탯?'

―상대방의 호감도를 100까지 끌어올리면 그 사람이 가지고 있는 재능 중 가장 뛰어난 것 하나를 배울 수 있죠. 지금이 할머니의 경우는.

허공으로 둥실 떠오른 빛의 구는 김두찬의 머릿속으로 스며들었다.

[상대방의 가장 뛰어난 능력을 익혔습니다. 보너스 스탯이 추

가 되었습니다.]

시스템 메시지가 나타난 뒤 김두찬의 상태창이 떴다.
그런데 이전까지 없었던 새로운 능력치가 추가되어 있었다.

이름: 김두찬
성별: 남
키: 168㎝
몸무게: 102㎏
얼굴: 23/100(F)
몸매: 0/100(F)
체력: 0/100(F)
손재주: 0/100(B)
소매치기: 0/100(F)

'이게 뭐야? 소매치기?'
—할머니가 가지고 있는 재주 중 가장 뛰어난 건 소매치기
였던 모양이네요.
겉보기에는 시골에서 밭이나 매고 사는 순진한 할머니가
따로 없었다. 그런데 이 할머니의 가장 뛰어난 재주가 소매치
기라니?
이거 잘못된 거 아니야? 김두찬은 의심했다.

—0.00001퍼센트의 오류도 없답니다. 정확한 정보랍니다.

'이게 무슨······.'

김두찬은 게임 시스템의 착오가 있을 거라 생각했다. 그러나 그러면서도 할머니에게 온 신경을 쏟았다. 혹여라도 할머니가 옆에 앉은 여자에게 무슨 수작을 부리는 게 아닌가 싶었다.

마침 여자는 이어폰을 꽂은 채 꾸벅꾸벅 조는 중이었다.

'그럴 리 없잖아.'

김두찬이 고개를 절레절레 저었다.

할머니에게 관심을 끄고 다른 곳으로 시선을 돌렸다. 그렇게 한 10분 정도 지났을 때였다.

"아이고, 내 정신 좀 봐. 아들내미 집에 들렀다 간다는 게 깜빡할 뻔했네."

할머니가 부산을 떨며 벨을 눌렀다.

삐—!

"기사 양반~ 이번 역에 세워줘요~"

"네~ 앉아 계세요, 할머니. 정차하면 일어서세요. 위험해요."

급하게 일어서려는 할머니를 운전기사가 제지시켰다.

김두찬의 신경이 다시 할머니에게 향했다.

'뭐지?'

할머니는 버스를 탈 때 종점까지 간다 그랬다.

한데 지금은 갑자기 내린다고 한다.

말로는 아들내미 집에 들르는 걸 깜빡했단다. 그럴 수도 있다. 그러나 김두찬은 왠지 모르게 께름칙했다.

할머니의 옆에 앉아 있는 여인은 세상모르고 잠들어 있었다.

귀에는 이어폰을 꽂고 머리를 창가 쪽에 기댔다.

두 손은 무릎 위에 올려놓은 핸드백을 살포시 쥐고 있었다.

모든 것이 잠들기 전 모습과 같았다. 그런데 유일하게 한 군데가 달랐다.

'핸드백이 열려 있어.'

조금 전까지는 닫혀 있던 핸드백이 열려 있었다.

김두찬은 예전에 틀린 그림 찾기 게임 고수였다. 어떤 스테이지도 20초를 넘기는 법이 없었다.

게임을 오래 하다 보니 절로 생긴 눈썰미였다.

그렇다 보니 지금 같은 약간의 변화도 대번에 알아챘다.

그때, 버스가 정차했다.

"아이고."

할머니가 신음을 흘리며 일어섰다.

"고마웠수, 총각."

어린아이처럼 해맑게 미소 지으며 김두찬에게 인사를 건넨 할머니가 열린 뒷문으로 천천히 걸어갔다.

할머니의 능력은 소매치기고, 잠든 여자의 핸드백 입구가 열려 있다.

잠실까지 간다던 할머니는 갑자기 다른 곳에서 내리려 한다.

이거 아무래도 할머니가 여자의 지갑을 소매치기한 것 같았다.

하지만 내 눈으로 직접 보지 못했다.

그렇다고 그냥 보냈다가 여자의 지갑이 사라졌다면? 그걸 할머니가 내린 다음 여자가 알게 된다면?

'내가 의심받을지도 몰라.'

항상 그래왔다.

김두찬은 모든 나쁜 일의 범인으로 몰리기 일쑤였다.

이 빌어먹을 외모지상주의는 항상 김두찬에게 불공평했다.

김두찬이 어떻게 해야 하나 고민할 때 선택지가 떴다.

[아무래도 할머니가 여자의 지갑을 슬쩍한 것 같다. 그러나 증거나 물증이 없다. 오로지 심증뿐이다. 나는 어떻게 할 것인가?]

1. 할머니를 붙잡는다.

2. 그냥 보내준다.

'에라 모르겠다! 1번!'

김두찬이 1번을 선택했다. 그의 몸이 저절로 움직여 뒷문으로 내리려는 할머니의 팔을 덥석 잡아끌었다.

"으응? 왜 그래, 총각?"

할머니의 물음에 2차 선택지가 떴다.

[아무것도 모르는 얼굴로 고개를 갸웃거리는 할머니. 이때 나의 행동은?]

1. 할머니, 저 여자분 지갑 훔쳤죠?

2. 자고 있는 여자를 흔들어 깨운다.

'여기서 할머니만 잡고 늘어지는 건 좋지 않아. 오랜 세월 살아온 만큼 꾀도 많을 거야. 나를 노인 의심하는 못된 놈으로 몰아놓고 순식간에 도망칠지도 몰라. 하지만 여자가 지갑이 없어졌다는 걸 확인만 하면 얘기는 쉬워져. 2번이다!'

김두찬의 몸이 다시 저절로 움직였다.

그는 한 손으로는 할머니의 팔을 잡은 채, 다른 한 손으로 잠든 여자의 어깨를 흔들어 깨웠다.

"응……."

여자가 눈을 뜨고서 김두찬을 바라보고 할머니를 쳐다봤다.

"응?"

뭔가 상황이 이상하다는 느낌이 든 여자가 눈을 비비고 이어폰을 뺐다.

"왜, 왜요?"

이제부터는 선택지에 따른 자동 행동이 아닌 김두찬의 의지로 난관을 헤쳐 나가야 한다.

"아, 아가씨! 해, 핸드백에 지갑 있어요?"

처음 보는 여자에게 말을 걸어본 역사가 없는 김두찬이었다. 그래도 용기를 내서 물었다. 여자는 무심코 핸드백을 쳐다봤다가 '어?' 하는 얼굴이 됐다.

"왜 이게 열려 있지?"

여자가 다급히 핸드백 속을 뒤졌다.

그런데 지갑이 보이지 않았다.

"없어요."

"없어요?"

"네, 지갑이 없어요……."

상황이 그렇게 흘러가자 할머니가 김두찬의 팔을 마구 뿌리치려 했다.

"아니, 근데 이 청년이 갑자기 왜 이래? 나 지금 여기서 내려야 한다니까? 자리 양보해 주길래 요새 보기 드문 건실한 청년인 줄 알았더니, 이유도 없이 늙은이를 핍박하네!"

할머니가 버럭 고함지르며 악다구니를 썼다.

얼굴의 모든 근육이 일그러지고 눈은 표독스러워졌다.

저분이 아까 그 순진하게만 보이던 할머니가 맞는지 의심될 정도였다.

김두찬은 여기서 어떻게 상황을 해결해야 할지 고민이 됐다.

하지만 어차피 진흙탕 싸움이 될 거, 이리저리 머리 굴리기보단 정면 돌파가 나을 것 같았다.

"할머니! 이 아가씨 지갑 훔쳤죠?"

"뭐라는 거야, 이놈의 새끼가!"

할머니의 머리 위에 있던 호감도가 -30으로 떨어졌다.

"그럼 보따리 좀 볼 수 있을까요?"

"보따리는 왜!"

"지갑이 있는지 없는지만 확인할게요."

김두찬이 할머니의 보따리를 잡아당겼다.

"이거 놔, 이놈아! 이 후레자식 같은 것이, 어디 어른한테 이렇게 함부로 대해!"

"좀 볼게요, 할머니."

"이거 안 놔? 안 놔? 아이고, 여러분! 좀 도와줘요! 도와주세요!"

할머니가 버스 안에 있던 다른 사람들에게 도움을 청했다.

하지만 사람들의 시선은 싸했다.

개중에서는 갈 길 바빠 죽겠는데 왜 이런 소동을 일으키나하는 짜증 섞인 시선들도 많았다.

"할머니, 저도 좀 봐야겠어요."

지갑을 도둑맞은 여인, 정미연도 나섰다.

그러자 할머니가 두 사람을 노려보며 빽 소리 질렀다.

"만약에 보따리에 지갑이 없으면! 없으면 어떡할 건데!"

"그럼 정중하게 사과드리고 어떤 보상이든 해드릴게요."

정미연이 단호하게 얘기하고서는 누가 말릴 새도 없이 보따리를 확 잡아채 끌어당겼다.

할머니는 '어어?' 하는 사이 보따리를 빼앗겼다.

그녀는 보따리를 풀어 안을 마구 헤집었다. 그러더니 안에서 분홍색의 작은 지갑을 찾아 꺼냈다.

"여기 있네요, 내 지갑."

할머니의 얼굴이 귀신처럼 일그러졌다.

노심초사하던 김두찬이 가슴을 쓸어내렸다.

룸미러로 그 광경을 지켜보다가 상황 파악을 한 버스 기사가 소리쳤다.

"아가씨! 어떻게 할 거야? 일단은 손님들 많아서 출발해야 할 것 같은데."

그러자 할머니가 무릎을 꿇고 앉아 두 손을 싹싹 비비며 잘못을 빌었다.

"미, 미안해, 아가씨! 한 번만 용서해 줘, 응? 총각, 미안해. 내가 우리 아들 병원비 버느라 그랬어! 그 젊은 놈이 몹쓸 병에 걸려서……."

"할머니."

정미연이 할머니의 말을 잘랐다. 그녀의 무심한 시선에 할머니는 가슴이 철렁 내려앉았다.

'독한 년이구나.'

그런 할머니의 생각은 적중했다.

"같이 내려요. 경찰서 갈 거니까, 얘기할 게 있으면 거기서 해요. 그리고 그쪽 아저씨."

정미연이 김두찬을 불렀다.

"네?"

"전화번호 좀 줘요."

그녀가 스마트폰을 내밀었다.

김두찬은 뭐에 홀린 듯 자신의 번호를 꾹꾹 눌렀다.

"증인 필요하다고 하면 연락드릴게요."

"네, 네. 그리고 저 아저씨 아닌데……."

정미연은 김두찬의 말을 듣지 못한 채 할머니를 끌고 버스에서 내렸다.

"그럼 출발하겠습니다."

김두찬은 비어버린 좌석에 앉아 창밖을 봤다.

버스가 움직이며 할머니와 정미연의 모습이 멀어졌다.

할머니의 호감도는 −50까지 내려갔다.

그런데 정미연의 호감도는 37까지 올라 있었다.

[호감도를 40포인트 얻었습니다. 보너스 포인트를 분배해 주세요.]

"어?"

정미연에게 새로 얻은 포인트는 29였다. 그런데 11이 더 올랐다.

'혹시?'

김두찬이 버스 안에 있는 사람들의 머리 위를 살폈다.

대부분은 수치가 변동이 없었지만 몇 명의 호감도가 조금씩 올라 있었다.

그것이 포인트가 되어 돌아온 것이다.

'대박이다! 40포인트 모두 얼굴에 몰빵!'

김두찬의 얼굴 포인트가 63이 되면서 여드름이 거의 다 사라졌다.

20살. 모쏠. 안여돼. 사회 부적응자.

그 네 가지 단어만으로 설명되던 김두찬의 인생이 역전되기 시작됐다.

김두찬은 늦지 않게 강의실에 도착했다.

다른 학생들도 대부분 통학해 자주 어울리는 그룹끼리 모여 앉아 있었다.

하나같이 삼삼오오 즐겁게 떠드는데 김두찬만 혼자였다.

그는 오늘도 멀찍이 떨어져 소외되어 있는 창가 쪽 맨 뒷자리에 앉았다.

김두찬의 눈에 학생들의 머리 위에 떠 있는 호감도가 보였다.

여자들은 전부 마이너스. 남자들은 한 자리에서 20 미만. 다른 애들 사이에서 신나게 떠들고 있는 재덕이만 53이었다.

'꿈에서 봤던 것과 똑같아.'

조금이라도 호감도가 높아지길 기대했었는데, 부질없는 짓이었다.

김두찬은 언제나 혼자였고 그나마 말을 섞는 재덕이도 김두찬보다는 다른 친구들과 어울릴 때가 많았다.

'잠이나 자자.'

김두찬은 그냥 책상에 엎드려 눈을 감았다.

조금 전까지는 뭔가 의욕이 넘쳤는데, 잔혹한 현실을 접하고 나니 찬물을 끼얹은 듯 마음이 확 식었다.

그럼 김두찬의 등을 누군가 톡톡 두드렸다.

"두찬아."

낮게 깔린 중후하고 듣기 좋은 음색이 고막을 어루만졌다.

박았던 고개를 들어보니 어마어마한 미남이 CF에서나 나올 법한 미소를 지으며 김두찬을 내려다보고 있었다.

'정지훈!'

정지훈.

자타 공인 시나리오극작과 킹카.

180㎝의 큰 키와 모델처럼 매끈한 몸, 시원시원하면서도 부드러운 인상, 짙은 눈썹과 또렷한 이목구비, 와인색으로 염색한 머리카락이 미모를 한층 더 업그레이드시켜 주는 완벽한 인간이었다.

'맞다, 지훈이가 있었지.'

정지훈은 김두찬과 친구라고 하기에는 거리가 있었다.

그러나 하루에 한 번은 꼭 먼저 인사를 하고 말을 걸어줬다.

지금처럼 스스로 움직여서 말이다.

"왜 또 혼자 이러고 있어? 너도 애들 사이에 끼어들라니까. 이거 마셔."

정지훈이 들고 있던 커피 우유를 김두찬의 책상에 올려놓았다.

"내가 마시려고 샀던 건데, 뚜껑도 안 땄어."

"어어, 고마워, 지훈아."

"그래. 수업 잘 들어~"

"응."

정지훈이 사람 좋은 미소를 짓고서 빈 의자를 찾아갔다.

여자들은 하나같이 그런 정지훈을 쳐다보며 자신과 가까운 곳에 앉아주기를 바랐다.

남자들도 정지훈을 경외와 호감, 부러움이 뒤섞인 복합적인 시선으로 바라보며 친근하게 대했다.

"이야, 역시~ 정지훈. 안여돼도 챙겨주고. 멋지다?"

정지훈을 껌딱지처럼 따라다니는 심진우가 그를 띄워주고 김두찬을 깎아 내렸다.

"친구한테 안여돼가 뭐냐, 인마."

"지훈이 말이 맞아. 진우 너는 입이 너무 걸어."

정지훈의 옆에 있던 유아라가 이때다 싶어 편을 들었다. 그 녀는 대놓고 정지훈에게 사심을 드러내 왔다. 때문에 유아라가 정지훈을 좋아한다는 건 모두가 아는 공공연한 사실이다.

김두찬은 부러운 시선으로 정지훈을 바라봤다.

쟤는 어떻게 저렇게 다 갖췄을까. 완벽한 외모, 큰 키, 근육질의 잘빠진 몸매에 입고 다니는 옷 보면 집에 돈도 많은 것 같았다. 게다가 운동도 잘하고 성적도 좋고 무엇보다 성격까지… 어?

순간 김두찬의 얼굴이 그대로 굳었다.

그의 눈에 정지훈의 머리 위에 떠 있는 호감도가 들어왔다.

'마, 마이너스… 20?'

―어머나. ―20이면 정말 싫어하는 건데요? 무서운 사람이네요. 그런데도 웃는 얼굴로 커피 우유를 건네주다니.

김두찬은 뒤통수를 얻어맞은 듯한 충격에 석상처럼 굳었다.

친구들과 웃으면서 떠들던 정지훈은 그런 김두찬을 보고서 싱긋 미소 지었다. 김두찬은 갑자기 소름이 끼쳐 시선을 피했다.

'이용했던 거였어. 이제까지.'

여태껏 정지훈이 착해서 자신에게 호의를 베풀어 준 것이라 생각했다. 그런데 아니었다. 정지훈은 스스로의 이미지 메이킹을 위해 자기를 이용했던 것뿐이었다.

'앞으로 절대 엮이지 말아야겠다.'

어떻게 저런 미소를 지으면서 사람을 증오할 수 있는 거지? 그 연기력이 감탄스러울 지경이었다.

시끄럽던 강의실 안이 갑자기 조용해졌다.

호랑이 채 교수가 떴기 때문이다.

김두찬이 신입생으로 이 학교에 입학한 지 두 달.

그중에서도 채 교수의 강의를 들은 건 여덟 번이 전부였다. 그럼에도 채 교수는 어마어마한 카리스마로 모든 학생들을 완벽히 제압했다.

채 교수는 절대 웃는 법이 없었다. 미간 사이에는 늘 세로줄이 짙게 그어져 있었다. 강의 시간에 농담 한 번 하는 일이 없었다. 까딱하면 정신 줄 놓을 만큼 고지식하고 딱딱한 강의였다.

하지만 아무도 잠들지 않았다. 그랬다가는 죽을지도 모른다는 위기의식이 수마를 쫓아냈다.

그는 모두에게 엄격했다.

조금이라도 수업에 방해되는 행동을 하면 강의실 밖으로 쫓아냈다.

경고 같은 건 없었다.

그런데 특히 김두찬에게는 더더욱 엄격했다.

다른 학생들은 모르는 사실이었다. 김두찬 본인만 알았다.

채 교수는 김두찬을 눈에 보이도록 괴롭히지 않았다. 보이지 않는 곳에서 괴롭혔다. 그는 강의 시간에 엄격한 반면 학생들이 해오는 과제에 대해서는 나름 관대했다.

조금 허술하게 해오거나 퀄리티가 떨어져도 오케이 사인을 줬다.

간혹 가다 다시 해오라고 하는 경우도 있었다. 하지만 이 경우도 새로 제출하면 오케이였다.

그런데 김두찬은 네 번, 다섯 번을 고쳐서 제출해야 만족했다.

매번 그랬다.

그래서 김두찬은 채 교수의 머리 위를 살펴보기가 겁이 났다.

아마 호감도가 마이너스 30 정도는 되리라.

채 교수라는 사람도 결국 타인을 외모로 먼저 평가하는 그런 부류일 것이리라!

김두찬은 채 교수가 들어오건 말건 책상에 머리를 처박고 가만히 있었다.

그런 김두찬을 채 교수가 불렀다.

"고개 들어라, 김두찬."

쉰이 넘은 노인의 음성이 기차화통을 삶아 먹은 것처럼 쩌렁쩌렁했다.

김두찬이 어쩔 수 없이 고개를 들었다.

그런데.

'어?'

채 교수의 머리 위에 떠 있는 호감도는 50이었다.

여태껏 본 타인의 호감도 중 가장 높았다.

'어떻게 된 거지?'

원래 겉은 차가워도 속은 따뜻한 사람인가? 나에 대한 호감도가 50이면… 다른 학생들한테 보내는 호감도는 한 80쯤 되는 건가? 아니면 좋아하는 사람을 더 괴롭히는 사디스트?

여러 가지 생각이 갑자기 머릿속을 마구 채워 나갔다.

열 길 물속은 알아도 한 길 사람 속은 모른다더니, 오늘 여러 번 놀라는 김두찬이었다.

"김두찬."

채 교수가 멍해 있는 김두찬을 불렀다.

"네?!"

"과제 다시 해왔냐."

"아, 아직……."

"다음 시간까지 해와라."

"네."

"강의 시작한다."

강의실에 있던 학생들은 김두찬을 슬쩍 바라보고 강의에 집중했다. 아주 잠깐이었지만 김두찬은 몇몇 학생들의 얼굴에 미미하게 자리한 비웃음을 볼 수 있었다.

'싫다, 진짜.'

학교라는 공간은 그에게 지옥이나 다름없었다.

그래도 강의 시간만큼은 집중해서 들으려고 노력했다.

김두찬에게는 꿈이 있었다.

바로 작가였다.

어떤 작가든 상관없었다.

판타지, 무협을 집필하는 장르 소설 작가도 좋고 연극 대본을 쓰는 희곡 작가도 좋았다.

방송 작가나 영화 시나리오 쪽으로 나가는 것도 늘 꿈꿔왔다.

때문에 태평예술대학 시나리오극작과에 지원한 것이다.

지금의 세상은 외모가 사람을 평가하는 데 상당한 부분을 차지하는 것이 사실이다.

그래서 김두찬은 외모를 보지 않아도 되는 쪽의 일을 하고 싶었고, 그것이 작가였다.

훗날 성공한 자신의 모습을 그리며 김두찬은 강의에 집중했다.

그런데 옆자리에 있던 누군가가 그를 작은 목소리로 불렀다.

"두찬아."

"응?"

김두찬을 부른 건 '주로미'였다.

그녀는 늘 굵은 테 잠자리 안경을 썼고, 머리를 너저분하게 길러 뺨을 거의 다 가리고 다녔다.

그렇다 보니 제대로 드러나는 부분은 코와 입이 전부였다.

아무튼 행색이 특이해서 그런 건지 소심한 성격 때문인지 여자들 사이에서 은근히 따돌림을 당한다는 소문이 돌았다.

"저기… 그… 커피 우유……."

주로미가 모기만 한 목소리로 겨우겨우 말을 이어나갔다.

"호, 혹시 안 먹을 거면……."

그녀는 말을 끝까지 잇지 않고 거기서 끊었다.

동시에 김두찬의 눈앞에 선택지가 떠올랐다.

[왜인지 모르겠으나 정지훈에게 받은 커피 우유를 달라고 하는 주로미. 내 선택은?]

1. 준다.
2. 주지 않는다.

'어차피 소름 끼치는 인간이 준 거, 먹고 싶지도 않으니까. 그리고 잘하면 호감도가 오를지도 모르고.'

주로미의 머리 위에 떠 있는 호감도 수치는 0.

그녀의 호감도를 조금이라도 올릴 수 있다면 그와 비례하는 포인트를 얻게 되니 김두찬의 입장에선 땡큐다.

김두찬이 1번을 선택했다.

그러자 버스에서처럼 몸이 마음대로 움직였다.

그가 커피 우유를 주로미의 책상에 올려놓았다.

"응, 먹어."

"어? 정말… 괜찮아?"

"나 커피 우유 별로 안 좋아해."

"아… 잘 먹을게."

주로미가 커피 우유를 조심스레 만지작거렸다. 그녀의 뺨이 살짝 발그레해졌다. 그러다가 저 앞에 앉아 있는 정지훈의 뒷모습을 흘끔 훔쳐보고는 다시 커피 우유에 시선을 뒀다.

'어… 지훈이를 좋아했던 거야?'

김두찬은 주로미도 참 사람 보는 눈이 없다 생각했다. 하지만 자신을 되돌아보니, 그 역시도 정지훈을 좋은 사람이라고만 믿었었다.

'남 말 할 때냐, 내가 지금. 어디 호감도는……?'

주로미의 머리 위에 호감도 수치가 0에서 10으로 바뀌었다.

[호감도를 15포인트 얻었습니다. 보너스 포인트를 분배해 주세요.]

'어라?'

주로미의 머리 위에 뜬 수치보다 5가 더 올랐다.

'누구지?'

김두찬이 누구의 호감도가 오른 것인지 강의실 안을 살폈다.

하지만 워낙에 많은 아이들이 앉아 있는 터라 알 수가 없었다. 애초에 개개인의 호감도 수치를 외우지 못했다.

김두찬은 찾는 걸 포기하고서 다시 강의에 귀를 기울였다. 그런데 채 교수의 호감도가 50에서 55로 바뀌어 있었다.

'채 교수님은 왜?'

김두찬은 의아했다.

그러나 채 교수는 김두찬에게 시선도 주지 않았다. 아무 일 없었다는 듯 강의만 계속 이어나갔다.

'에이, 올랐으면 좋은 거지 뭐.'

김두찬은 생각하는 걸 관두고 포인트를 분배했다.

'이번에도 얼굴에 몰빵!'

이름: 김두찬

성별: 남

키: 168㎝

몸무게: 102㎏

얼굴: 78/100(F)

몸매: 0/100(F)

체력: 0/100(F)

손재주: 0/100(B)

소매치기: 0/100(F)

스테이터스가 오르면서 얼굴 전체가 다시 간질간질했다.

김두찬이 얼른 스마트폰으로 카메라를 켜 얼굴을 살폈다.

'또 사라졌다!'

이제 여드름이 4분의 3이 사라졌다.

곰보 같아서 영 보기 싫던 김두찬의 얼굴이 그래도 보고 있을 만은 한 수준이 되었다.

물론 김두찬 본인의 판단이었다. 남들이 보기에는 그거나 그거나였다.

김두찬은 속으로 쾌재를 불렀다.

그때 날카로운 송곳 같은 음성이 김두찬의 귀를 찔렀다.

"김두찬, 한 번만 더 수업에 집중 못 하면 퇴장이다."

채 교수였다.

그는 칠판에 무얼 적고 있는 중이었건만, 뒤통수에도 눈이 달린 모양이었다.

"죄, 죄송합니다!"

김두찬이 놀라서 소리쳤다.

그 바람에 학생들이 고개를 돌려 그를 바라보고서는 피식 피식 웃었다.

정지훈은 김두찬에게 포근한 미소를 지었다. 하지만 남이 보기에 그런 것이고 김두찬에게는 더 이상 그 미소가 포근해 보이지 않았다.

그런데 정지훈의 시선이 김두찬에게서 주로미에게 옮겨갔다.

정확히는 그녀가 들고 있는 커피 우유로 향했다.

순간 정지훈의 미소가 거짓말처럼 사라졌다. 대신 떨떠름한 기색이 어렸으나 그것은 순식간에 미소로 바뀌었다.

김두찬도 인지하지 못할 정도로.

이후로 김두찬은 강의가 끝날 때까지 한눈을 팔지 않았다.

＊　　　＊　　　＊

강의 하나가 끝나고 비는 공강 시간.

학생들은 점심을 먹기 위해 삼삼오오 모여 대부분 정문을 빠져나갔다.

학식을 먹으러 가는 학생들은 많지 않았다.

학교 근처에도 여럿이서 가면 나름 싸게 먹을 수 있는 곳이 많았다. 그러나 학식보다는 명확히 비쌌다.

그래서 김두찬은 입학한 이후 지금까지 학식만을 이용했다.

고작 2,000원에 참치김치덮밥과 짜장덮밥, 카레, 라면, 돈까스 등등을 이용할 수 있는 식당은 많지 않았다. 게다가 맛도 괜찮았다. 무엇보다 두찬이네 집은 그렇게 잘사는 편이 아니었다.

늘 정해진 용돈을 쪼개서 사용해야 하는 김두찬의 입장에서 교문 밖은 사치였다.

"오늘은 뭘 먹을까~?"

오늘은 돈까스, 참치김치덮밥, 라면, 제육덮밥이 있었다.

라면은 1,500원 나머지는 2,000원이었다.

김두찬은 가장 좋아하는 제육덮밥 식권을 사서 조리대로 향했다. 그런데 그의 시선에 막 식당으로 들어서는 주로미가 보였다.

'맞다. 로미도 늘 여기서 밥 먹지.'

주로미로 자신처럼 어울려서 밥을 먹는 친구가 없었다.

두 사람은 항상 식당에서 마주치면서도 늘 서로 모른 체했다. 그리고 따로 앉아 홀로 밥을 먹었다.

'쟤도 외롭겠다.'

누구보다 그 외로운 기분을 잘 아는 두찬이었기에 주로미가 측은해 보였다.

그때였다.

[퀘스트 발동 — 주로미의 호감도를 40포인트 얻으세요.]

"응? 퀘스트?"

ㅡ야호! 퀘스트가 발동되었네요?

놀라는 김두찬의 머릿속에서 로나의 밝은 음성이 울려 퍼졌다.

'갑자기 무슨 퀘스트야, 생뚱맞게.'

—이건 엄연히 '게임'이니 그럴 수도 있답니다. 어서 퀘스트를 완료해 주세요. 퀘스트에 제한 시간 같은 건 없으니 느긋하게 진행해도 됩니다. 다만, 퀘스트는 한 번에 하나씩밖에 발동하지 않으니 다음 퀘스트를 얻고 싶다면 부지런하게 움직이는 것이 좋을 거랍니다.

그 말을 듣고 보니 또 그랬다.

김두찬은 지금 자신이 특별한 입장에 있다는 걸 인지하면서도 완전히 받아들이지 못했다.

그 때문에 순간순간 이런 괴리감에 빠지곤 했다.

아무튼 지금 그는 게임의 룰이 적용된 현실을 살아가고 있었다. 그러니 퀘스트가 나타났다는 건 기뻐해야 할 일이다.

'퀘스트가 발생되는 조건은?'

—랜덤입니다. 조건 같은 건 없어요. 발생할 확률 역시 랜덤이고요.

'뭐 이렇게 허술해? 퀘스트를 깨면 당연히 보상이 있는 거겠지?'

—보너스 포인트 20이 주어져요.

'그게 전부야?'

—오른쪽 손등을 보세요.

김두찬이 시키는 대로 오른쪽 손등을 봤다.

"어?"

조금 전까지는 아무것도 없던 손등에 하트 모양의 검은 테두리가 나타났다. 테두리 안에서 실금이 하트를 다섯 조각으로 나누고 있었다.

'갑자기 이게 뭐야? 이런 걸 손등에 박고 어떻게 학교를 다녀?'

김두찬이 화들짝 놀라 손을 뒤로 숨겼다.

—걱정 마세요. 그 하트는 두찬 님의 눈에만 보인답니다. 하트가 다섯 조각으로 나뉘어 있죠? 퀘스트 하나를 완료할 때마다 빈 칸이 하나씩 채워질 거예요. 다섯 칸을 다 채워 완벽한 하트를 완성하면 끝내주는 보상이 주어진답니다.

'그게 뭔데?'

—그건 그때 가서 확인하시면 되겠죠?

말투로 보아하니 아무리 물어보고 졸라도 알려주지 않을 태세였다. 해서 김두찬은 다른 질문을 던졌다.

'궁금한 게 있는데, 너는… 아니, 너희들은 대체 누구야? 이 게임을 왜 만든 건지, 어디에서 온 건지, 나는 아는 게 하나도 없어.'

사실 처음부터 지금까지 줄곧 궁금했던 문제였다.

그런데 워낙 일이 번갯불에 콩 구워 먹듯 진행되는 바람에 물어볼 겨를이 없었다.

—우리는 우주의 어느 행성에 살고 있는 종족이랍니다. 지구인과는 닮은 구석도 있지만 다른 구석이 더 많겠죠.

'더 구체적으로 알려줘.'

─마르키아 행성의 르위느 종족이에요.

'마르키아 행성? 르위느……?'

─거봐요. 어차피 말해도 모르시니까 그냥 두루뭉실 넘어간 거예요. 아무튼 이건 우리 르위느 종족이 만든 리얼 시뮬레이션 게임이랍니다. 더 정확히 말하자면 가상을 현실에 동기화시켜 게임에서의 일이 현실에서 적용되게 만든 가상현실 적용 게임이죠. 게임을 만든 목적에 대해서는 아직 밝힐 수 없어요. 그냥 재미있게 즐겨주시면 된답니다. 절대로 두찬 님께 해가 되는 일은 없을 테니까요.

해가 되는 일이 없기는 했다.

오히려 엄청난 도움을 받았다. 여드름이 사라지는 기적이 일어나지 않았는가.

그래, 복잡하게 생각하지 말고 게임을 하듯 즐기자.

지금 이건 나에게 온 절호의 기회니까!

김두찬은 마음을 다 잡고서 퀘스트를 빠르게 완수하리라 마음먹었다.

그런데 마음먹은 건 먹은 거고 어떻게 해야 주로미의 호감도를 올릴 수 있을지 막막했다.

그가 했던 게임에서는 이런 상황에 필연적으로 퀘스트의 대상이 된 캐릭터와 엮일 만한 사건이 일어났다.

하나 지금은 현실을 기반으로 게임 시스템만 적용한 것이기에 그런 필연을 기대해서는 안 된다.

'조급하게 생각하지 말고 몰래 따라다니면서 기회를 보자.'

김두찬이 조리대에서 제육덮밥을 받았다.

그 바로 뒤에서 주로미가 라면을 받아 빈 테이블로 향했다.

라면 냄비가 올려진 쟁반에는 김두찬에게서 받은 커피 우유도 있었다. 여태 안 먹고 아껴뒀던 것이다.

김두찬은 티 나지 않게 주로미의 인기척을 확인하면서 천천히 걸었다.

'오늘따라 북적거리네.'

다른 날보다 유난히 학교 식당에 학생이 많았다.

비어 있는 테이블을 찾아보니 저 멀리 긴 테이블 하나밖에 없었다. 어쩔 수 없이 식판을 든 두 사람의 동선이 겹쳤다. 평소에는 이런 상황에서도 오가는 말 한마디가 없었다. 그런데 오늘은 달랐다.

"저기… 두찬아."

"응?"

"아까 커피 우유 고마웠어. 제대로 인사를 하지 못한 것 같아서."

"아냐. 나도 지훈이한테 받은 건데 뭐."

호감도가 0일 때는 완전히 남처럼 지냈는데 커피 우유를 계기로 10이 되니까 말을 걸어왔다.

사람이 잘해주면 친밀해지는 거야 당연한 일이었다. 한데 호감도가 보이니 은근히 재미가 있었다.

"그… 지훈이는 착한 것 같아."

주로미가 뜬금없이 정지훈을 칭찬했다.

"응?"

"너랑 나한테도 잘해주고."

주로미는 자신의 상황을 정확히 알고 있었다.

그녀는 친구가 없다. 은따였다. 그런데 정지훈은 그런 그녀에게 잘해주었다. 뿐만 아니라 공식 아싸(아웃사이더)인 김두찬에게도 친절했다.

그런 모습이 주로미의 가슴 속에 깊이 자리 잡았다.

하지만 김두찬은 정지훈의 진면목을 알고 있었다.

'이걸 어째? 사실대로 얘기해야 하나?'

고민을 하는 순간 선택지가 떴다.

[정지훈의 본모습을 모르고 사랑에 빠져 버린 주로미. 그녀에게 진실을 말해줘야 할까? 아니면 모른 척 맞장구를 쳐주는 게 좋을까? 나의 선택은?]

1. 지훈이는 네가 생각하는 그런 인간이 아니야.

2. 맞아. 지훈이 착하지.

사실 김두찬은 1번을 선택하고 싶었다.

주로미가 정지훈의 본색을 모르고서 좋아하는 게 영 마음에 들지 않았다.

하지만 이걸 게임으로 봤을 때 그런 행동은 전혀 도움이 되지 않았다.

사랑에 빠진 여인의 눈에는 아무것도 보이지 않고 어떤 말도 들리지 않는다.

사랑의 대상에 대해 안 좋은 말을 해버리면 소박맞기 딱 좋다.

'후, 어쩔 수 없지. 2번.'

2번을 선택하자마자 김두찬의 입이 멋대로 움직였다.

"맞아. 지훈이 착하지."

"그렇지? 너도 그렇게 생각할 줄 알았어. 뭔가 대화가 통하는 것 같아, 우리."

주로미는 입학하고 나서 누구와도 이야기를 제대로 나눠본 적이 없었다. 아무도 그녀를 상대해 주지 않았다. 그래서 지금 이런 이야기를 나눌 수 있다는 상대가 생겼다는 게 너무나 좋았다.

그녀의 머리 위에 호감도가 20으로 변했다.

[호감도를 10포인트 얻었습니다. 보너스 포인트를 분배해 주세요.]

[퀘스트: 주로미의 호감도를 40포인트 얻어라. 10/40]

'역시! 선택 잘했어. 보너스 포인트는 이번에도 얼굴에 몰빵!'

김두찬의 얼굴 수치가 88로 올랐다. 그와 동시에 여드름이 또 한 번 많이 사라졌다.

주로미가 그런 김두찬을 힐끔 바라봤다가 고개를 갸웃거렸다.

"근데 두찬아⋯ 너 원래 여드름이 많이 없었니?"

"응?"

"아, 아니. 난 그냥 여드름이 갑자기 적어진 것 같아서. 기분 나빴다면 미안."

"아~ 아니야. 괜찮아. 여드름은 얼마 전부터 관리했더니 갑자기 좋아지더라고."

"그랬구나. 축하해."

"고마워."

두 사람이 짧은 대화를 나누며 걸어가고 있을 때, 일단의 무리가 식당으로 들어섰다.

정지훈과 심진우, 그리고 정지훈 해바라기 유아라를 비롯한 여학생 세 명이었다.

"나 오늘은 부대찌개 먹고 싶었는데."

"지훈아, 학식 영 먹을 게 없는데 지금이라도 나갈까?"

여학생들은 식당에 들어서자마자 투덜댔다.

그에 정지훈은 부드럽게 미소 지으며 말했다.

"가끔은 학식도 괜찮잖아. 어? 두찬이다. 로미도 있네?"

정지훈이 빈 테이블로 향하는 두 사람을 보며 말했다.

"뭐? 나 쟤들 보면서 밥 먹기 싫다. 밥맛 떨어져. 그냥 나가자."

심진우가 치를 떨었다.

"넌 자꾸 말을 그렇게 하냐? 어… 근데, 로미 커피 우유. 내가 아침에 두찬이 줬던 건데."

"뭐?"

정지훈의 말에 유아라의 눈꼬리가 치켜 올라갔다.

그녀는 질투가 심했다.

다른 여자가 정지훈이 앉았던 자리에 엉덩이만 대도 쌍심지를 켜댔다.

그런데 감히 주로미 따위가 정지훈의 커피를 가지고 있다니 눈이 돌아갈 지경이었다.

'저 쌍년이.'

유아라가 성큼성큼 주로미에게 다가갔다.

그러더니 주로미의 뒤에서 모른 척 그녀의 다리를 슬쩍 걸어 당겼다.

"꺅!"

주로미가 비명과 함께 쟁반을 놓치고서 뒤로 넘어지려는 찰나!

'어?'

갑자기 상황이 그대로 멈췄다.

추락하는 쟁반도, 뒤로 넘어지려던 주로미도, 고소하다는 표정으로 그녀를 바라보는 유아라도, 그리고 이 상황을 멀리서 지켜보는 정지훈 무리와 식당 내의 다른 모든 사람들도 전부 멈춰 버렸다.

'이게 어떻게 된 거야?'

김두찬은 놀랐다.

세상이 정지해 버린 것에 놀랐고, 자신의 몸도 옴짝달싹하지 않는다는 사실에 놀랐다.

그런 김두찬의 눈앞에 선택지가 떠올랐다.

[갑자기 뒤로 넘어지는 주로미. 그녀의 뒤에서 쌤통이라는 표정을 짓고 있는 유아라가 수상하다. 그대로 두었다간 주로미가 크게 다칠 상황이다. 하지만 은따인 그녀를 도와주었다간 내 인생이 더 괴로워질 수도 있다. 과연 나의 선택은?]

1. 몸을 날려 주로미를 받아낸다.

2. 가만히 상황을 지켜본다.

'이런 거였구나!'

지금은 일촉즉발의 다급한 상황이었다.

만약 시간이 그대로 흐르는데 이런 선택지가 뜬다면 결정을 내리기도 전에 상황이 끝나 버리고 만다.

때문에 시간이 멈춘 것이다.

흘러가는 세월은 아무도 막을 수 없다고 그랬는데, 그걸 가능케 하는 종족들이 여기 있었다.

'1번!'

김두찬이 1번을 선택하자 멈춰 있던 시간이 다시 흘렀다.

동시에 김두찬은 들고 있던 식판을 내던지고 주로미를 향해 몸을 날렸다.

"위험해!"

김두찬의 머릿속에서는 멋지게 주로미를 받아내는 본인의 모습이 그려졌다. 하지만 현실은 냉혹했다.

털퍽!

"커헉!"

102kg의 거구로는 그저 날렵하게 바닥에 엎어지는 것밖에 할 수가 없었다.

불행 중 다행으로 주로미는 엎어진 김두찬의 등을 깔고 앉았다.

워낙에 살이 뒤룩뒤룩 찐 몸인지라 등에도 비계가 한가득이었다. 덕분에 주로미는 푹신한 쿠션의 감각을 느낄 수 있었다.

와장창!

김두찬과 주로미의 식판이 바닥에 떨어졌다.

제육덮밥과 라면이 널브러졌다.

"두찬아! 로미야! 괜찮아?"

정지훈이 놀란 얼굴로 후다닥 달려와 두 사람을 일으켜 주

려 했다. 그런데 그의 오른발이 바닥에 떨어진 커피 우유를
밟아 터뜨렸다.

픽!

"아……."

"아아, 미안. 미안해, 로미야. 너무 놀라서 방정 떨다가 그
만……."

이를 본 주로미가 신음을 흘렸다.

정지훈은 얼은 주로미를 일으킨 후, 김두찬도 일으켜 세웠
다. 그러고는 두 사람의 몸을 이리저리 털어줬다.

"발을 헛디뎠나 봐, 로미야. 어디 다친 데는 없어?"

주로미를 걱정하는 정지훈의 팔을 유아라가 끌어당겼다.

"지훈아~ 로미 신경 그만 쓰고 여기 나가자. 학식은 진짜
체질에 안 맞아."

"……."

주로미는 고개를 푹 숙인 채 아무 말도 없었다.

김두찬은 정지훈의 머리 위를 살폈다.

'−30.'

호감도가 −10이나 더 떨어졌다.

김두찬은 소름이 끼치고 분노가 치밀어 몸이 부들부들 떨
렸다.

'유아라가 정지훈 해바라기라는 건 나도 알고 있어. 정황을
봐서는 아라가 로미한테 무슨 수작을 벌인 거야. 하지만 아라

는 평소에 굳이 로미를 괴롭히는 일은 없었어. 이건… 분명 지훈이가 아라를 움직이도록 부추긴 거야.'

아무리 봐도 그런 상황인 것 같았다. 그게 뭘까 생각하던 김두찬의 눈에 바닥에 흥건한 커피 우유가 들어왔다.

'지훈이가 준 커피 우유! 저거다!'

드디어 어떻게 된 상황인지 알게 된 김두찬이었다.

하지만 그런 걸 알았다 한들 여기서 뭘 어떻게 할 수 있는 건 아니었다.

"아까워서 어쩌냐. 내가 다시 사줄게. 나도 얘들이랑 밥 먹으러 왔거든. 다 같이 먹자."

평소의 김두찬이었다면 못내 웃으면서 그러자고 했을 것이다. 하지만 지금은 아니었다. 이 뱀 같은 인간과 겸상을 하는 건 죽을 만큼 싫었다. 밥이 입으로 넘어가는지 코로 넘어가는지나 알 수 있을까? 먹으면 그대로 다 체할 판이었다.

"아냐, 아냐. 괜찮아, 지훈아."

"왜? 같이 먹어."

"아니, 정말 괜찮……."

집요하게 물고 늘어지는 정지훈으로 인해 김두찬이 난감해하고 있을 때, 주로미가 갑자기 식당 밖으로 달려 나갔다.

"어? 로미야!"

김두찬은 그런 로미의 뒤를 쫓았다. 입구 쪽으로 향하다 보니 당연히 정지훈을 지나쳐야 했다.

그런데 다른 때는 눈에도 들어오지 않던 다른 사람의 지갑이 갑자기 확 들어왔다.

정지훈의 바지 뒷주머니에 반지갑이 들어 있었다.

찰나지간이었다.

눈 한 번 깜빡하기에도 부족한 시간에 저 지갑을 뺄까 말까 십수 번 고민했다.

평소의 김두찬이었다면 절대 하지 않을 생각이었다. 그런데 지금은 마음만 먹으면 얼마든지 지갑을 뺄 수 있을 것 같았다. 그것도 누구의 눈에도 띄지 않을 만큼 완벽하게.

이것은 그에게 새로 생긴 능력, 소매치기와 높은 손재주 때문에 나타나는 현상이었다.

사실 소매치기 능력만 따지자면 F랭크인지라 남의 물건을 훔쳤을 때 들킬 확률이 높았다. 그러나 B랭크의 손재주가 소매치기 능력을 버프하며 성공 확률을 높여주었다.

게다가 뒷주머니에 든 지갑을 훔치는 건 난이도도 낮았다.

'어떻게 해야 하지?'

고민하던 김두찬의 손이 뱀처럼 뻗어나갔다.

그리고 정지훈을 지나치는 순간 반지갑이 이미 그의 손에 들어와 있었다. 그것은 다시 김두찬의 품속으로 사라졌다. 그의 전광석화 같은 손놀림은 아무도 보지 못했다.

너무도 깔끔하고 완벽한 솜씨에 비해 김두찬의 가슴은 터질 듯이 쿵쾅거리며 뛰고 있었다.

정지훈이라는 인간이 얄미워서 소매치기를 하긴 했는데, 태어나서 단 한 번도 불법적인 일, 도덕적으로 어긋나는 일, 양심에 가책을 느끼는 일 등을 해본 적이 없던지라 심히 긴장됐다.

김두찬은 괜히 어리바리하기 전에 그 자리를 떴다.

정지훈은 그런 김두찬을 쫓아가려 했다. 지갑이 사라진 건 꿈에도 몰랐고, 단지 같이 온 여학생들 앞에서 김두찬을 위로해 주기 위해 따라가는 척 연기를 한 것뿐이었다.

그런 그를 유아라가 말렸다.

"쫓아가지 마, 지훈아. 사람이 챙겨주는 데 태도가 저게 뭐야?"

"그러니까. 웃겨, 정말. 일부러 그런 것도 아니고."

"지훈아. 기분 좀 그렇다. 우리 나가서 먹자. 응?"

여학생들은 못내 걸음을 떼지 못하는 정지훈을 억지로 끌고 식당을 나갔다.

*　　　*　　　*

"헤엑! 헥! 헉! 로, 로미야아! 그, 그만 뛰어어!"

김두찬은 주로미를 따라 잡느라 죽을 지경이었다.

평소에 운동이라고는 해본 적 없는 102킬로그램의 거구가 5분 넘게 전속력으로 달렸으니 그럴 만도 했다.

애처롭게 사정한 것이 먹혔는지 드디어 주로미의 뜀박질이 멈췄다.

"흐어억! 헥! 흐아악!"

김두찬이 주로미의 뒤에서 한참 숨을 고른 다음 겨우 물었다.

"로미야, 괘, 괜찮아?"

"……."

"어디 다친 덴 없… 어?"

걱정스레 주로미의 앞으로 돌아간 김두찬은 뒷말을 삼켰다.

그녀는 닭똥 같은 눈물을 뚝뚝 흘리고 있었다.

"흐윽! 흑! 끄윽!"

"로, 로미야."

"흐윽! 나, 나 봤어."

"응? 보다니 뭘?"

"지훈이… 흐끅! 지훈이가… 커피 우유를 똑바로 보고 밟았어. 흐으윽!"

"뭐?"

순간 강의실에서 주로미의 커피 우유를 바라보던 정지훈의 눈빛이 떠올랐다.

'개자식!'

상냥하고 자상하고 따뜻한 사람인 줄 알았다.

그런데 아니었다.

자신의 커피 우유가 은따당하는 여자애 손에 들어간 것이 기분 나빠 연기까지 해가며 기어코 밟아 터뜨리는 인간이었다.

주로미가 보아왔던 정지훈은 그녀의 상상 속에만 존재했다.

현실의 정지훈은 독사 같은 인간이었다.

그걸 인지하는 순간 그녀의 마음 속 한편에서 무언가가 와르르 무너져 내리는 것 같았다.

그리고 아팠다.

계속해서 흐느끼는 주로미에게 김두찬이 휴지를 내밀었다.

아까 식당에서 식판을 받기 전 버릇처럼 챙겨둔 것이었다.

"고마… 어?"

휴지를 받아 든 주로미가 얼른 김두찬의 코 밑에 갖다 댔다.

"왜 그래?

"너… 코피 나, 두찬아."

"어?"

아까 주로미를 보호하기 위해 몸을 날렸을 때의 충격으로 코피가 터진 모양이었다.

한데 주로미를 쫓아 달리느라 전혀 모르고 있었다.

"으아, 코피 오래간만에 나보네."

김두찬이 휴지로 코를 꾹꾹 눌렀다.

그 모습을 보고 있는 주로미의 얼굴에 희미한 미소가 어렸다.

[호감도를 30포인트 얻었습니다. 보너스 포인트를 분배해 주세요.]

'뭐? 30포인트?'
30포인트면 게임 끝난 거다.
퀘스트 완료다!
김두찬이 주로미의 머리 위를 바라봤다.
그런데 호감도 수치는 40이었다.
30이 아니라 20밖에 오르지 않았다.

[퀘스트: 주로미의 호감도를 40포인트 얻어라. 30/40]

퀘스트 역시 20의 호감도가 올랐을 뿐이었다.
'그럼 나머지 10은 뭐야? 음… 모르겠다. 일단 포인트 분배부터 하자! 이번에도 얼굴 몰빵!'
김두찬은 주로미를 등지고 서서 포인트를 분배했다.
갑자기 여드름이 사라지는 것을 보면 주로미가 놀랄 수도 있기 때문이다.

이름: 김두찬
성별: 남

키: 168㎝

몸무게: 102㎏

얼굴: 18/100(E)

몸매: 0/100(F)

체력: 0/100(F)

손재주: 0/100(B)

소매치기: 0/100(F)

얼굴의 포인트가 100을 넘자 초기화가 되더니 18로 바뀌었고, 랭크가 F에서 E로 올랐다.

그러면서 조금 남아 있던 여드름이 완벽하게 사라졌다.

"저기, 로미야. 잠깐 여기 있어! 나 얼굴 좀 씻고 올게."

"응, 알았어."

급하게 화장실에 들어온 김두찬이 세면대 거울에 얼굴을 비추어 보았다.

'다, 다 사라졌다!'

아침까지만 해도 김두찬의 얼굴에 곰보처럼 돋아 있던 여드름이 말끔히 다 사라졌다.

김두찬은 저도 모르게 만세를 외쳤다.

안여돼(안경 여드름 돼지) 김두찬이 안돼(안경 돼지)로 거듭나는 순간이었다.

그때였다.

눈앞에 처음 보는 시스템 메시지가 나타났다.

[얼굴의 랭크가 E로 업그레이드됐습니다. 랭크 업 특전이 주어집니다. 본인의 얼굴 중에서 성형하고 싶은 부위를 말해주세요.]

*   *   *

한바탕 소란이 일었던 식당에서는 학생들이 삼삼오오 모여 언제 그랬냐는 듯 식사를 하고 있었다.

한데 유독 남자들의 시선을 독차지하는 테이블이 있었다.

거기엔 연기과에 재학 중인 2학년 예지우가 앉아 있었다.

명실상부 태평예술대학 최고의 퀸카.

그동안 예지우라는 꽃을 꺾기 위해 수많은 이들이 대시를 했지만 한 번도 꺾인 적 없는 고고한 꽃.

끼리끼리 어울린다고 그녀의 주변에서 함께 식사를 하는 이들도 전부 보통 이상의 미모를 자랑했다.

그러나 예지우에게 밀려 평범하기 그지없어 보였다.

그만큼 예지우는 예뻤다.

그렇다고 성격이 모난 것도 아니었다.

자신을 이성으로 보고 다가서는 남자의 고백을 받아주지 않을 뿐, 그 외의 교우관계는 아주 좋았다.

그녀가 한참 수다를 떨며 밥을 먹다 말고 조금 전의 광경을 떠올렸다.

이름도, 얼굴도 모르는 남학생이 넘어지는 여학생을 몸으로 받아내던 모습은 예지우의 머릿속에 깊이 각인되었다.

'되게 아팠을 텐데.'

나름 멋지게 연출할 수 있는 장면이었지만 남자의 덩치가 워낙 볼품없었던지라 되레 웃겼다.

'애인을 위해 몸을 아끼지 않는 남자라. 그런 게 사랑이지.'

예지우는 피식 웃고서 생각을 접었다.

그녀의 머리 위에는 오로지 김두찬만 볼 수 있는, 10이라는 호감도 수치가 떠 있었다.

*   *   *

정지훈은 세상 이렇게 난감한 적이 없었다.

그는 심진우와 여학생들에게 괜히 학식 먹자고 한 게 미안하다며 학생들이 출입하기에는 가격이 좀 센 레스토랑으로 데려갔다.

여섯 명이 점심 한 끼를 먹었을 뿐인데 가격은 무려 30만 원이 훌쩍 넘어갔다.

하지만 정지훈에게 그 정도 지출은 그다지 큰 게 아니었다.

기분 좋게 지갑을 꺼내 계산을 하려는데.

'어?'

지갑이 사라졌다.

'이게 어디로 갔지?'

주머니란 주머니는 다 뒤져보고 가방을 탈탈 털었는데도 지갑이 나오질 않았다.

정지훈이 계산할 거라 철석같이 믿고 있던 동급생들이 전부 설마 하는 시선을 던졌다.

똥줄이 타는 정지훈이었다.

Liking 3
호감도 100

'성형하고 싶은 부위를 말하라고?'

가슴이 벌렁거렸다.

갑자기 성형이라니? 사실 상상 속에서는 몇 번이고 얼굴을 뜯어고쳤다. 하지만 현실의 김두찬은 여유롭지 않은 집에서 학비를 받아 생활하는 가난한 대학생이었다.

성형수술 같은 건 그저 꿈꾸는 것으로 만족해야 했다.

그런데 성형하고 싶은 부위를 말하란다.

'다 하고 싶지!'

마음 같아서는 얼굴 전체를 뜯어고쳐 달라 하고 싶었다.

―한 곳만 된답니다.

역시나, 로나가 바로 딴지를 걸어왔다.

'음… 어디가 좋을까.'

김두찬은 거울에 비친 얼굴을 조목조목 살펴봤다.

우선 어마어마하게 거대한 크기를 자랑하는 얼굴, 똥색 피부, 머리카락이 듬성듬성 나다 못해 부분 탈모까지 있는 머리, 뱁새처럼 찢어진 눈, 주먹만 한 크기에 뭉개진 코, 면적에 비해 너무 작은 입술. 필요 이상으로 긴 인중, 함몰된 턱.

어느 곳 하나 편히 봐줄 수 있는 구석이 없었다.

그래도 일단은 밑바탕이 좋아야 하지 않을까 싶었다.

'얼굴 크기를 줄이고 싶어. 가장 이상적인 크기와 형태가 되었으면 좋겠는데.'

김두찬이 바람을 속으로 말하자마자 새로운 메시지가 나타났다.

[성형을 시작합니다.]

그 순간, 김두찬은 마법 같은 현상을 두 눈으로 똑똑히 보았다.

그의 넙대대한 얼굴이 흐물거리며 움직이기 시작하더니 근육이 뒤틀리고 뼈가 깎이며 순식간에 재조합되어 버린 것이다.

그럼에도 일말의 고통 같은 건 전혀 없었다.

마치 컴퓨터 그래픽 효과를 보는 것 같은 광경이었다.

[성형 완료. 성형으로 업그레이드된 외모의 가치는 포인트에 반영되지 않습니다. 바뀐 김두찬 님의 얼굴과 사람들의 기억 프로세스에 커다란 이질감이 있습니다. 지금의 얼굴을 그들의 기억 속에 동기화시킵니다.]

"어? 동기화?"

자기 얼굴을 신기하게 주무르고 있던 김두찬이 저도 모르게 물음을 던졌다.

—낮에 봤던 얼굴과 오후에 보는 얼굴이 달라진 걸 주변 사람들에게 어떻게 설명할 건가요? 가족들한테는 설명할 방법이 있으신가요?

'아… 어렵지, 아무래도.'

—그래서 바뀐 얼굴을 사람들의 기억 속에 동기화시키는 거랍니다. 이제 김두찬 님을 아는 세상 모든 사람들은 두찬 님의 얼굴이 원래 그랬다고 느낄 거랍니다.

'그렇구나.'

인생 역전은 정말 대단한 게임이었다.

대체 이 게임의 한계가 어디까지인지 김두찬은 궁금했다.

하지만 지금은 그런 궁금증보다 바뀐 얼굴의 만족감이 더 컸다.

여전히 못생긴 건 그대로인 데다가, 유난히 얼굴이 작고 기본 틀만 미남형인지라 위화감이 컸으나 그래도 전보다는 훨씬 나았다.

[동기화가 완료됐습니다.]

그리 오래지 않아 새로운 메시지가 나타났다가 사라졌다.

이제 김두찬은 원래부터 이런 얼굴이었던 게 되는 거다.

자신의 얼굴을 감상하던 김두찬이 갑자기 멍해졌다.

'이건 인생 역전이랬지. 인생 역전이라는 건 외모만 잘생겨진다고 다가 아니야. 몸도 좋아야 하고 공부랑 운동, 못하는 게 없어야 돼. 게다가 돈도 많아야 하지. 그런데 이건 애초에 내가 흙수저를 물고 태어났으니 내 능력으로 벌어야 돼. 기본적인 능력치만 보면 지금 상태로는 도저히 돈을 벌 수가 없어. 하지만 상대방의 호감을 100으로 만들면 그 사람의 가장 뛰어난 능력 중 하나를 가져올 수 있지.'

즉, 돈을 벌기 위해서는 최대한 많은 사람들의 호감도를 최대치로 올려야 한다.

지금 내 주변 사람들 중 가장 돈이 될 만한 능력을 가진 이가 누굴까? 생각하자마자 김두찬의 머릿속에 바로 채 교수의 얼굴이 떠올랐다.

채 교수는 태평예술대학의 교수이자 제법 잘나가는 소설가였다.

사실 문장의 기교나 지식의 깊이를 따지자면 채 교수보다 잘난 사람들이 많다. 하나 채 교수가 대단한 건 한 번도 흥행에 실패한 적이 없다는 것이었다.

그는 진정 돈 버는 글을 제대로 쓰는 작가였다.

그렇다고 무작정 재미만 있고 무게는 없는 삼류 소설을 찍어내지도 않았다.

적당한 주제의식을 작품 안에 심어 끊임없이 독자에게 심도 있는 질문을 던졌다.

'채 교수를 공략해야겠어.'

거울 속에 비친 김두찬의 낯선 얼굴이 결의에 가득 찼다.

태초에 쥐고 태어난 수저에 묻은 흙이 점차 떨어져 나가고 있었다. 흙이 떨어진 자리엔 금빛이 일렁였다.

＊   ＊   ＊

공강 시간이 끝나고 오후 강의가 시작됐다.

김두찬은 강의실에 오기 전 정지훈의 지갑을 화장실 변기통에 버렸다.

어차피 지갑 안에 현금은 없었고 카드만 잔뜩이었다.

김두찬이 지갑을 훔친 건 정지훈을 난감하게 만들려는 것이었지 도둑질을 해서 자기 배를 불리려는 의도는 아니었다.

그의 바람대로 정지훈은 충분히 난감한 상황을 겪었다.

김두찬은 강의실로 들어서며 학생들의 반응을 살폈다.

그들은 자신을 평소처럼 대했다.

얼굴이 갑자기 바뀌었다느니 머리가 작아졌다느니 등의 이야기는 일절 하지 않았다.

김두찬은 설렘 반, 불편함 반으로 강의 내용의 반을 집중하지 못하고서 날려 버렸다.

설렘의 원인은 당연히 변한 얼굴에 있었다.

그리고 불편함의 원인은 강의 도중 가끔씩 자신을 힐끔거리는 정지훈에게 있었다.

옆자리에 축 처져서 입을 꾹 다물고 있는 주로미도 신경 쓰였다.

강의가 끝나자마자 주로미는 후다닥 강의실을 빠져나갔다. 김두찬은 그런 그녀를 얼른 따라갔다.

'남은 호감도는 10.'

10포인트만 더 올리면 퀘스트 클리어다.

김두찬은 이 상황에서 자신이 했던 수많은 장르의 게임 중에 미연시(미소녀 연애 시뮬레이션) 게임의 법칙을 떠올렸다.

'미연시의 공식 중 하나! 실연당한 여인의 곁에 있어준다!'

미연시에는 늘 킹카를 좋아하다 상처받는 히로인이 한 명은 등장한다.

그런 히로인은 주인공이 외롭지 않게 곁에 있어주면 시간이

걸려도 결국 마음을 열어주게 마련이었다.

인생 역전이 그런 미연시의 법칙을 따라가리라는 보장은 없었다.

하나 지금은 이게 최선이었다.

물론 김두찬이 오로지 퀘스트 때문에 그녀를 쫓아온 건 아니었다. 상처 입은 주로미의 상태가 은근히 걱정됐다.

주로미는 김두찬이 따라오는지도 몰랐다.

지하철을 타고 잠실역에서 내릴 때까지도 몰랐다.

집으로 향하던 주로미는 근처 편의점 앞에 서서 뭔가를 갈등하는 듯 망설였다. 그러더니 뭔가를 결심한 듯 결연하게 안으로 들어가서는 맥주 두 캔을 사서 나왔다.

그녀는 간이 테이블에 앉아 맥주를 따서 벌컥 들이켰다.

"꿀꺽! 꿀꺽! 하아."

크게 숨을 내쉬는 주로미의 맞은편에 누군가가 앉았다.

"혼술은 좀 외롭지 않아?"

김두찬이었다.

놀란 주로미가 저도 모르게 고개를 푹 숙였다.

"어, 어떻게 여기까지?"

"아… 그냥, 걱정돼서 따라오다 보니까 나도 모르게."

오늘 처음 말을 트게 된 사이에 걱정돼서 여기까지 따라왔다는 게 주로미는 조금 걸렸다.

하지만 김두찬이 낮에 자신에게 했던 일을 생각하면 나쁜 아이는 아니었다.

주로미는 불쑥 튀어나오려던 경계심을 조금 억누르고 대답
했다.

"아, 고마워. 근데 나 괜찮아."

"네가 안 괜찮다는 게 아니고 그냥 내가 걱정이 된다고. 괜
찮으면 앉아도 될까?"

나 왜 이렇게 말을 잘해? 전 같았으면 한마디도 못했을 텐
데. 아니, 애초에 로미를 따라오지도 못했을 테지. 역시 이게
인식의 차이라는 건가?

김두찬은 스스로의 행동을 신기해하면서 묘한 희열감에 사
로잡혔다. 그가 기대하는 눈빛으로 로미를 바라봤다. 로미는
그에 부응하듯 조심스레 고개를 끄덕였다.

"응."

"고마워."

"맥주… 줄까?"

"아니, 난 술 못 마셔. 그냥 앉아 있을게."

그리 말하는 김두찬을 주로미는 빤히 바라봤다.

"내 얼굴에 뭐 묻었어?"

"아니, 그냥 신기해서. 우리 겨우 오늘 말 텄는데 그렇게 걱
정해 준다는 게."

"그건 음… 나도 좀 이상하긴 하네. 그, 그냥 갈까?"

"뭐야, 그게. 호호."

주로미가 살짝 웃음을 흘렸다.

그녀를 알고 나서 처음으로 들어보는 웃음소리였다.

'근데 들으면 들을수록 목소리가 정말 예쁜걸. 그냥 아무 말이나 해도 아름다운 음악을 듣는 것 같아. 게다가 얼굴도 못생긴 편은 아니야, 분명.'

김두찬이 주로미의 얼굴을 자세히 관찰했다.

'우선은 안경을 치우고.'

그의 눈에 비추어진 주로미의 얼굴에서 안경이 사라졌다.

'머리는 잘 정리해서 뒤로 넘기고.'

얼굴을 가리고 있던 지저분한 머리카락이 등으로 넘어가 윤기 있는 긴 생머리로 변했다.

'밝은 갈색으로 염색을 해주면 더 좋을 것 같은데.'

순식간에 흑발이 밝은 갈색으로 바뀌었다.

이것 역시 미연시 게임을 하며 저도 모르게 터득한 눈썰미였다. 미연시 게임 안에서 이런 캐릭터를 수없이 보아왔던 두찬이었다.

때문에 아무도 알아보지 못했던, 감추어진 주로미의 미모를 그는 알아볼 수 있었다.

'확실해.'

주로미는 예쁘다.

다만 스스로 자신감이 없어 가리고 다닐 뿐이다.

그때 선택지가 떴다.

[스스로의 미모에 대해 전혀 인지하지 못하고 있는 주로미. 여기서 난 어떻게 행동할 것인가?]

1. 주로미의 미모를 칭찬한다.

2. 다른 화제를 던진다.

김두찬은 1번을 선택하려다가 잠깐 망설였다.

'가만… 보통 이런 경우 미연시 게임에서는 1번을 선택하는 게 맞아. 하지만 게임 속 주인공은 적어도 노멀해 보이는 남자라고. 그에 반해 나는……'

여드름이 없어졌다고는 하나 그것뿐이었다.

살이 덕지덕지 붙은 아둔한 몸과 못생긴 얼굴, 짤막한 키는 그대로였다.

이런 녀석이 칭찬을 해준다고 주로미가 기분이 좋아질까?

아니, 기본적으로 인생 역전은 미연시가 아니라 시뮬레이션이니까 상관없을까?

고민하던 김두찬의 눈앞에 5라는 숫자가 크게 떠올랐다.

'응? 이건 또 뭐……'

숫자는 4로 바뀌었고 로나의 음성이 들려왔다.

―매 선택지에는 10초라는 제한 시간이 있답니다. 이제 3초 남았네요. 얼른 결정하지 않으시면 랜덤으로 선택된답니다. 이런~ 제가 설명을 드리는 동안 카운트다운이 종료되었어요.

3.

2.

1.

0.

[랜덤으로 선택지를 정합니다. 당신은 1번을 선택했습니다.]

'헉! 안 돼! 이건 불가항력이야! 로나의 설명을 듣는 바람에 타임 오버된 거잖아!'

김두찬의 절규와는 상관없이 그의 입은 이미 제멋대로 움직이기 시작했다.

"로미야. 근데 너 예쁜 거 알아?"

"쿱! 콜록! 콜록! 흐아아아……."

맥주를 들이켜다 놀라 사레에 들린 주로미가 얼빠진 얼굴로 김두찬을 쳐다봤다.

"뭐… 라고?"

이미 저질러진 상황이다.

여기서 아무것도 아니라며 얼렁뚱땅 넘어가면 더 안 좋은 상황을 초래하게 된다.

어떻게든 슬기롭게 이 위기를 넘겨야만 했다.

"아니, 예쁜 얼굴을 너무 가리고만 다니는 것 같아서."

주로미의 얼굴이 딱딱하게 굳었다.

위기였다.

김두찬이 뒷머리를 긁적이며 너스레를 떨었다.

"내가 너무 오지랖 부렸나? 근데 정말이야."

"응… 그래, 고마워."

주로미가 대충 대답하고서 맥주를 한 모금 더 삼켰다.

그녀의 머리 위에 있던 호감도가 40에서 37로 하락했다.

'망했다!'

역시 외모 칭찬은 하는 게 아니었어! 이게 다 로나 때문이야!

김두찬은 속으로 머리를 쥐어뜯으며 절규했다.

'아니, 이럴 때가 아니지. 정신 차리자, 김두찬! 어떻게든 로미의 호감도를 다시 올려놓아야 돼!'

주로미가 미인임에도 불구하고 스스로의 미모를 애써 감추고 다니는 데에는 그만한 이유가 있을 것이다.

어쩌면 얼굴에 가리고 싶은 상처가 있을 수도 있다.

아니, 단순하게 꾸미는 방법을 모르는 것일지도?

문제가 어떤 것이든 간에 빨리 알아내서 해결해 줘야 한다.

하지만 가뜩이나 호감도가 떨어지고 분위기도 엉망인 판에 어떻게 접근해야 할지 막막했다.

김두찬이 머리를 마구 굴리면서 맥주를 홀짝이고 있을 때였다.

"로미야!"

키가 178cm은 족히 되어 보이는 여인이 갑자기 다가와 뒤에서 주로미를 껴안았다.

화들짝 놀란 주로미가 뒤를 돌아봤다.

여인은 그녀와 눈이 마주치자 입꼬리를 크게 말아 올리며 시원시원한 미소를 지었다.

"안녕~! 노상 까는 거야? 앞에는 누구? 같은 과 친구?"

"저, 정아야……."

"안녕하세요! 저 로미 친구 류정아라고 해요! 몇 살이에요? 갑?"

"네? 네."

"그럼 말 놓아도 되지?"

"으, 응."

"가는 게 있으면 오는 게 있어야지?"

"아… 기, 김두찬."

"김두찬? 이름이 되게 레트로하다. 하하!"

난데없이 두 사람 사이에 끼어든 류정아는 판을 완전히 흔들어 놓았다.

상당히 활발한 데다 존재감이 엄청난 여인이었다.

김두찬은 버릇처럼 류정아의 머리 위를 바라봤다. 그러고는 비명을 지를 뻔했다.

'헉! 치, 칠십!'

류정아의 호감도 수치는 무려 70이었다.

김두찬의 부모와 같은 수치였다.

'뭐지, 이 여자? 혹시… 그건가? 첫눈에 반해 버리는 그런 상황?'

─김칫국 마시지 마세요. 호감도가 높다고 해서 무조건 상대방이 두찬 님을 이성으로 보는 건 아니랍니다.

혹시나 하던 기대를 품었던 김두찬은 김이 팍 샜다.

아니, 그건 그렇고 김칫국 마시지 말라는 속담은 또 어떻게 아는 건가? 외계인이?

─우리는 말이 아닌 정신으로 의사소통하는 거니까요. 제가 전하고 싶은 의지가 두찬 님한테 익숙한 단어로 자동 번역되어 전달되는 것이랍니다.

참으로 신기한 시스템이었다.

─우선은 너무 들뜨지 말고 천천히 류정아가 어떤 사람인지 알아보도록 해요.

'알았어.'

김두찬은 로나의 의견을 수렴했다.

성급하게 넘긴 밥이 얹히는 법이다. 서두를 필요는 없었다. 일단 류정아의 호감도가 높으니 좋은 분위기를 유지하며 편안한 대화를 이어나가는 게 중요했다.

"그런데 로미 친구야?"

"그럼~ 불알친구지."

"부, 불알……."

편안한 대화 실패.

김두찬의 말문이 턱 막혔다.

이걸 어떻게 풀어나가나 눈치를 살피는데, 주로미가 남은 맥주를 벌컥벌컥 들이부어 원샷을 때렸다.

그러고서는 자리에서 벌떡 일어났다.

"두찬아, 미안. 나 그만 가볼게."

"어? 왜 벌써 가려고?"

주로미는 대답도 없이 잰걸음으로 그곳을 떠났다. 류정아는 그런 주로미를 따라가려다 말고 한숨을 푹 쉬었다.

"하아. 정말 어렵다."

그녀는 조금 전까지 주로미가 앉아 있던 의자에 엉덩이를 붙이더니 두찬이의 맥주를 빼앗아 들이켰다.

"꿀꺽! 꿀꺽! 푸하아! 로미랑은 언제부터 친하게 지냈어?"

"응? 음… 오늘부터."

"농담하는 거지?"

"농담 아닌데."

"로미가 그렇게 마음을 쉽게 여는 애가 아닌데… 오늘 친해져서 술까지 같이 마셨다고?"

"하루 동안 좀 여러 가지 일이 있었거든. 말로 다 설명 못할. 그건 그렇고 그쪽이야말로 로미 친구 맞아? 로미는 되게 불편해하는 것 같은데."

김두찬의 물음에 류정아가 씁쓸한 미소를 지었다.

"친구였지. 한… 10년 전엔. 지금은 일방적인 짝사랑이라고 해야 하나?"

이 여자 레즈비언인가?

김두찬의 이상한 시선을 눈치챈 류정아는 고개를 흔들며 손사래 쳤다.

"아니, 그냥 내가 일방적으로 좋아하는 관계라고. 이성이 아닌 친구로서. 하아… 과거로 돌아가고 싶다."

그 말을 듣는 순간 김두찬의 머릿속에 주로미의 문제를 해결할 실마리가 보였다.

열쇠는 눈앞의 여인 류정아가 쥐고 있었다.

어떤 수를 써서라도 류정아에게 주로미에 대한 이야기를 들어야 했다.

그런데 류정아가 갑자기 자리를 박차고 벌떡 일어나더니 김두찬을 보며 히죽 미소 지었다.

＊　　　　＊　　　　＊

김두찬이 무슨 작업을 진행하기도 전에 류정아가 술 한잔 더 하자며 그를 끌고 근처 포장마차로 향했다.

포장마차에 들어가자마자 꼼장어 한 접시에 소주를 주문한 류정아는 연거푸 세 잔을 들이킨 뒤에야 말문을 열었다.

"갑자기 들이대서 당황했지?"

"조금 놀라기는 했지."

조금 정도가 아니라 심장이 터질 것 같았다.

김두찬의 인생 평생을 통틀어서 여자가 먼저 술을 권한 적은 처음이었다.

"미안. 답답한 얘기가 있는데 어디 하소연할 데가 없어서. 근데 너는 로미가 마음을 조금 연 것 같으니까 이런 얘기 하도 되지 않을까 싶네. 괜찮지?"

김두찬이 바라던 바다.

"응, 괜찮아."

"얘기 하다 보면 내가 어려운 부탁할지도 모르는데 그래도 괜찮아? 자신 없으면 지금 도망가. 무르기 없으니까."

퀘스트를 깨기 위해서는 무슨 짓이든 할 참이었다. 각오는 충분히 되어 있었다.

"안 도망가."

김두찬이 진지하게 대답했다.

그 모습을 본 류정아가 빙그레 웃었다.

"너 정말 괜찮은 녀석이구나."

류정아의 호감도가 70에서 75로 바뀌었다.

[호감도를 5포인트 얻었습니다. 보너스 포인트를 분배해 주세요.]

'호감도가 올라? 진짜 마음 쉽게 열어주는 고마운 여인이 네. 포인트는 얼굴 몰빵.'

김두찬의 얼굴 포인트가 23으로 올랐다.

다 죽어가는 시체처럼 거무죽죽하던 피부톤이 아주 미세하게 밝아졌다. 아무도 눈치채지 못할 만큼 작은 변화였지만 묘하게 전체적인 인상이 전보다 나아 보였다.

류정아는 그걸 인지 못 하고서 자기가 하고 싶었던 말을 늘어놓기 시작했다.

"로미랑 나는 어렸을 때부터 같은 동네 살았어. 엄마들끼리 친해서 우리도 자연스럽게 친해졌지. 남이 보면 자매라고 할 만큼 매일같이 붙어 다녔다? 난 로미가 정말정말 좋았어. 로미도 날 엄청 좋아했고. 그런데 초등학교 3학년 때 사건이 터졌어."

이야기가 본격적인 궤도에 오르려던 순간이었다.

옆 테이블에서 술을 마시던 두 명의 청년이 아까부터 이쪽을 힐끔거리더니 쭈뼛거리면서 다가왔다.

"저기……."

두 청년은 김두찬은 없는 사람 취급하며 류정아만 쳐다봤다.

'뭐야, 얘들은?'

김두찬은 괜히 불안해졌다.

취객들이 같이 한잔하자며 시비를 걸어오면 어쩌나 싶었다.

객관적으로 봤을 때 류정아는 예쁜 편에 속했다.

화장기가 전혀 없는 얼굴임에도 충분히 아름다웠다.

옷도 크게 꾸미지 않고 편한 캐주얼 복을 입고 있었다.

하지만 그녀는 몸이 명품이라 태가 남달랐다.

무얼 걸쳐도 빛나 보이게 하는 늘씬한 몸매였다.

그렇다 보니 주변에 꿀을 원하는 벌들이 꼬일 만도 했다.

"혹시 태권도 최연소 국가 대표 류정아 씨 아니세요?"

청년 중 하나가 조심스레 물었다.

그러자 류정아가 환하게 미소 지으며 화답했다.

"네, 맞아요. 알아봐주시네요? 한참 전부터 날 뚫어지게 바라보던 누구는 전혀 모르던데."

"아!"

뒤늦게 류정아를 알아본 김두찬이 탄성을 내질렀다.

대한민국 태권도 최연소 국가 대표 류정아!

그녀의 얼굴은 매스컴을 통해서 종종 접한 적이 있었다. 하지만 큰 관심은 없었기에 보고 잊어버렸다.

근데 국가 대표라는 말을 듣고 나니 다시 떠올랐다.

류정아는 이미 초등학교 때부터 두각을 드러내며 태권도 외길 인생을 밟아온 여인이었다.

중학교에 입학하고 나서는 각종 대회에 출전해 우승했고, 매년 열리는 전국 대회에서도 가장 높은 단상에 올랐다.

대한민국에 돌풍을 몰고 온 태권요정에서 18살에 최연소 국가 대표가 되어 당당히 금메달을 따냈다.

이후로도 꾸준히 자신의 기량을 높여갔다.

이제는 태권여제라 불리는 류정아는 이미 CF도 몇 개 찍었을 만큼 스포츠 스타 중에 가장 핫한 인물이었다.

"우와 대박! 사인 좀 해주세요!"

"얼마든지요."

"실물이 더 예뻐요. 그리고 듣던 대로 성격 좋으시네요."

"에이, 그냥 사인 좀 해드리는 것 가지고 뭘요. 대한민국 사람이면 다 가족이죠."

"기부랑 봉사활동 꾸준히 하시는 거 감동입니다. 앞으로도 응원하겠습니다!"

"감사해요. 사인 끝!"

류정아는 대화를 나누며 사인 두 장을 재빠르게 해서 내줬다.

청년들은 사인을 받고 자기 자리로 돌아갔다.

류정아가 소주 한 잔을 입에 털고서 꼼장어를 씹으며 김두찬에게 물었다.

"내가 어디까지 얘기했지?"

"초, 초등학교 3학년 때 사건이 터졌다던 부분까지."

"아, 맞다. 그러니까 그때 무슨 일이 있었냐면."

보통 사람은 이런 일을 겪으면 어깨가 으쓱해지게 마련이었다.

하지만 류정아는 전혀 그런 기색 없이 수더분하게 말을 이어나갔다.

그녀의 말을 정리해 보면 이랬다.

초등학교 3학년 때 자기가 좋아하는 남학생이 있었다. 그런데 그 남학생은 주로미를 좋아했다.

그전까지는 아무런 생각이 없었는데 이런 삼각관계에 놓이고 보니 주로미가 너무 예뻐 보였다.

그때부터 류정아는 스스로가 주로미보다 못생겼다는 콤플렉스에 시달렸다.

주로미는 아무것도 하지 않았다.

그저 미소 짓는 것만으로도 빛이 나는 아이였다.

그래서 항상 주변에 사람이 많았다. 걔를 좋아하는 남자들도 많았다.

그에 반해 류정아는 왈가닥이었다.

가끔씩 주로미에 대한 애정 표현을 괴롭힘으로 대신하는 남자들을 잡아서 때리고 바닥에 메다꽂을 정도였으니 말 다 했다.

류정아는 자기가 좋아하는 남자의 마음이 주로미에게 향할수록 점점 더 큰 질투심에 사로잡혔다.

그러던 어느 날, 더는 화를 참지 못하고 주로미에게 해서는 안 될 말을 던지고 말았다.

"웃음 팔고 다니지 마! 어디서 얼굴 다 빻아놓은 것처럼 생긴 게 여기저기 꼬리 치고 지랄이야!"

워낙에 남자애들보다 입이 걸었던 류정아였다. 하지만 주로미에게만큼은 그러지 않았다.

주로미는 어린 나이에 큰 충격을 받았다.

가장 친한 친구를 잃었다는 충격과 그 말속에 담긴 채찍에 호되게 얻어 맞아 한동안 말도 할 수 없을 정도였다.

그날 이후 주로미는 얼굴을 최대한 가리고 다녔다.

류정아는 그런 주로미에게 사과하고 싶었지만 보름 후, 갑작스럽게 이사를 가게 되었다.

이후 7년을 다른 지역에서 살다가 17살이 되어서 다시 잠실로 이사를 왔다.

그리고 주로미와 같은 고등학교에 입학을 했다.

한데 류정아는 주로미의 모습을 보고 그대로 굳어버렸다.

주로미는 여전히 얼굴을 가리고 다니는 중이었다. 그리고 예전의 그 해맑은 웃음도 사라졌다.

태도는 소극적이 되었고, 사람을 꺼리는 듯한 행동을 보였다.

그런 주로미의 모습이 무거운 죄가 되어 류정아의 가슴을 짓눌렀다.

"이후에 여러 번 사과하고 용서를 빌었지만, 들은 체도 안하더라고. 무려 3년 동안을 말이야. 내가 봉사활동을 하고, 기부금을 열심히 내는 것도 어쩌면 로미에게 미안한 마음을 조금이라도 덜기 위한 자위, 혹은 자기 합리화일지도 몰라."

거기까지 얘기하는 동안 류정아는 혼자 소주 두 병을 해치 웠다.

"나 어떻게 하면 좋을까, 두찬아?"

힘없이 미소 지으며 류정아가 물었다.

'이제 이해가 된다.'

그녀가 자신을 처음 보는데도 불구하고 70이라는 높은 호감도를 가지고 있던 이유.

그건 류정아가 어렸을 때의 사건 이후 절대 사람을 외모로 평가하지 않게 되었기 때문이었다.

아울러 그녀는 처음 보는 사람에게 사인을 해주며 친근하게 대했다. 한국 사람은 모두 가족이라는 말까지 했다.

기본적으로 사람을 좋아하고 오픈 마인드로 받아들이는 타입의 여인이었다.

하지만 그녀의 좋은 면모만 보고서 사기를 치려고 접근했다가는 큰 코 다친다.

편견 없이 사람을 대하는 그녀지만 사리 분별이 정확했고 아둔하지 않았다.

누가 자신에게 사기를 치려하면 대번에 알아챘다.

그러나 그 사람을 싫어하는 법은 없었다. 오히려 그를 갱생시키기 위해 노력하는 이가 류정아였다.

신기하게도 류정아가 노력하면 대부분의 사람들이 갱생의

길을 밟아나갔다.

하지만 딱 한 명, 그녀의 뜻대로 되지 않는 이가 있으니 주로미였다.

"어떻게 하면 로미 마음을 풀 수 있을까? 응? 아까 내 얘기 듣고 나면 나 도와준다고 했었지? 나 좀 도와줘라, 두찬아."

김두찬은 취기 어린 그녀의 진담 반 농담 반 얘기에 고민 없이 고개를 끄덕였다.

"응, 도와줄게."

"…어?"

"도와준다고. 아까 그러겠다고 약속했잖아."

담담하게 얘기하는 김두찬을 바라보던 류정아의 눈빛이 살짝 흔들렸다.

순간 그녀의 호감도가 75에서 100으로 대폭 뛰었다.

[호감도를 25포인트 얻었습니다. 보너스 포인트를 분배해 주세요.]

'헉! 대박!'

김두찬이 저도 모르게 주먹을 꽉 쥐었다.

"두찬이 너, 정말 괜찮은 애구나. 로미가 왜 하루 만에 너한테 그렇게 마음을 열었는지 알겠어."

오늘 처음 본 사이에 반강제로 끌려온 술자리에서 주절주

절 떠드는 이야기도 잘 들어주고, 도와주겠다고까지 했다.

류정아의 입장에서 김두찬은 정말 좋은 사람이 되었다. 물론 급하게 먹은 술도 호감도를 조금 뻥튀기해 주긴 했다.

김두찬은 이번엔 포인트를 몸매에 전부 투자했다.

그리고 상태창을 띄웠다.

'우와!'

몸매 포인트가 25로 올라가며 몸무게가 102에서 100으로 줄었다.

아무것도 안 했는데 살이 빠진 것이다.

그렇게 운동을 하고 다이어트까지 해봤는데도 빠지지 않던 기이한 몸무게가 포인트 투자만으로 빠져 버렸다.

놀라운 일은 거기서 끝이 아니었다.

류정아의 정수리에서 환한 빛이 솟아오르더니 김두찬에게 흡수되었다.

[상대방의 가장 뛰어난 능력을 익혔습니다. 보너스 스탯이 추가되었습니다.]

김두찬은 다시 한번 상태창을 살폈다.

이름: 김두찬

성별: 남

키: 168㎝

몸무게: 100㎏

얼굴: 23/100(E)

몸매: 25/100(F)

체력: 0/100(F)

손재주: 0/100(B)

소매치기: 0/100(F)

기억력: 0/100(F)

기억력이라는 항목이 추가되어 있었다.

랭크는 소매치기와 마찬가지로 F였다.

'어? 기억력?'

김두찬은 당연히 태권도라는 항목이 추가될 것이라고 생각했다.

태권도 최연소 국가 대표이자 금메달리스트인 류정아의 가장 뛰어난 능력은 당연히 태권도 아니냐?

김두찬의 의문에 로나가 대답을 해줬다.

─그건 모르는 거랍니다. 태권도 선수라고 해서 그게 그 사람의 가장 뛰어난 능력은 아닐 수 있어요. 공부를 잘하는 사람의 가장 뛰어난 능력을 예로 들어볼까요?

'그거야 당연히 공부……'

─아니오. 엉덩이를 붙이고 꾸준히 책을 보는 끈기일 수도

있고, 순간적으로 책에 파고드는 집중력일 수도 있겠죠?

그렇다는 건 류정아가 태권도 선수로 대단한 기량을 자랑할 수 있었던 밑바탕엔 뛰어난 기억력이 있었다는 얘기가 된다.

물론 그녀는 타고난 체력이나 신장 자체가 남달랐다. 하지만 그것을 뛰어넘는 건 기억력이었다. 무언가를 외우는 머리가 좋았다.

무언가를 한 번 슬쩍 보기만 해도 기억해 버리는 게 류정아였다.

때문에 주로미에게 아픔을 줬던 큰 사건이 여태 잊히지 않고 깊이 박혀 있는 것이었다.

그런 머리를 갖고 있다 보니 기술 습득이 빨랐다.

아울러 다른 선수들의 대련 비디오를 보며 짧은 순간 빠른 판단이 필요한 수천 가지 대처 능력들을 기억했다. 머릿속에 박힌 장면을 수백 번씩 연습, 체득하며 자기 것으로 만들었다.

그렇게 지금의 류정아가 탄생하게 된 것이다.

김두찬은 류정아에게서 얻은 능력이 태권도가 아닌 게 조금 아쉬웠지만 기억력도 나쁘지 않았다.

포인트를 부어 랭크 업을 할수록 기억력이 좋아질 테니 일상생활에 여러모로 유익할 터였다.

김두찬은 어서 많은 사람들의 호감도를 얻어야겠다 다짐하며 결의를 다졌다.

그게 얼굴에 고스란히 드러났다. 이를 본 류정아는 김두찬이 자신과의 약속을 꼭 지키겠다 결심하는 것이라 오해했다.

"고마워, 두찬아. 그런데 어떻게 하면 로미를 도울 수 있을까? 난 도통 모르겠어."

"응? 아… 그게……."

그러고 보니 김두찬도 딱히 로미를 도와줄 방법 같은 건 생각해 보지 못했다.

류정아는 기대감에 가득 찬 시선을 김두찬에게 던지고 있었다.

그 시선이 대단히 부담스러웠다.

당장은 무슨 방법이 없다고 사실대로 얘기해도 상관은 없었다. 그런다고 실망할 만큼 류정아는 경우 없는 사람이 아니었다.

김두찬이 결국 같이 방법을 찾아보자고 말하려던 찰나.

지이이잉—

테이블 위에 올려놓은 김두찬의 스마트폰이 몸서리쳤다.

"아, 잠시만."

"편하게 받아."

액정을 보니 모르는 번호였다.

김두찬이 전화를 받았다.

"여보세요."

스마트폰 너머에서 살짝 냉랭한 음성이 들려왔다.

―오늘 버스에서 봤던 아저씨 전화번호 맞아요?

"버스요?"

―소매치기 할머니 잡는 데 도움 주셨던 분 아닌가요?

그제야 김두찬은 버스에서 있었던 일이 떠올랐다.

"아, 맞아요!"

―덕분에 일 잘 해결됐어요. 그 할머니, 이미 전과가 제법
있더라구요. 이번에 빵 갔다가 나온 지 얼마 되지도 않았는데
또 그딴 짓 하는 바람에 가중처벌 당할 거 같아요.

"그렇게 됐군요."

―고마웠어요. 말했던 대로 기회가 있다면 뭐라도 보답해
드리고 싶은데 배운 게 도둑질이라고, 하루 정도 멋지게 꾸며
드리는 것 말고는 딱히 해드릴 게 없네요.

"네? 뭘 멋지게 꾸민다는⋯⋯."

―제 직업이 스타일리스트거든요. 평소엔 소속 사무실에 나
가 있으니까 한번 오세요. 문자로 주소 찍어 드릴게요. 아, 이
름 말 안 했죠? 정미연이에요.

그 말을 듣자마자 김두찬의 머릿속에 거울에 비친 자신의
모습이 떠올랐다.

지금 이 몸뚱아리로는 아무리 꾸미고 광을 내도 전혀 멋져
보이지 않을게 뻔했다.

"아아, 죄송해요. 저한테는 그다지 필요 없을 것 같⋯⋯."

말을 하던 김두찬의 시선에 홀로 느긋하게 기다리며 소주

를 마시는 류정아가 들어왔다.

"저, 저기, 혹시 저 말고 다른 사람을 데리고 가도 될까요?"

─뭐, 얼마든지.

"내일 가도 될까요?!"

─좋아요.

"그럼 오전 중에 연락드리고 찾아갈게요!"

─알겠어요. 12시 전에 오세요.

통화가 끊겼다. 그리고 거의 바로 문자가 왔다. 정미연이 속한 사무실 주소였다.

그녀의 사무실은 잠실 쪽에 있었다. 다행스럽게도 주로미의집이 있는 곳이다.

"정아야!"

"응?"

"만약에 말이야. 로미가 자기 자신이 충분히 예쁘다는 걸스스로 인지하게 된다면 어떨까?"

"흠, 걔 어렸을 때는 자기가 예쁜 거 충분히 알고 있었거든.믿었던 친구한테… 그러니까 나 말이야. 딴사람 얘기하는 것처럼 말했네. 하하. 아무튼 나한테 몹쓸 말을 들어서 트라우마 때문에 그렇게 된 거니까 다시 한번 그걸 인지시켜 주면밝았던 때로 돌아갈 수 있지 않을까? 아, 물론 가정!"

가정이지만 해볼 만한 가치는 충분했다.

"내가 아는 사람이 스타일리스트를 하고 있어. 그래서 내일 오전 중에 찾아가기로 했거든? 네가 어떻게 해서든 로미를 데리고 와줬으면 좋겠는데."

"윽. 최고 난이도인데."

"부탁해. 나 혼자서는 의미 없어. 원인 제공자가 함께 있어야 돼. 그래야 로미가 트라우마에서 완전히 벗어날 수 있다고."

"으음."

잠시 고민하던 류정아는 소주 한 잔을 시원하게 넘기더니 고개를 끄덕였다.

"오케이! 해볼게! 근데 꼭 내일이어야 돼?"

"그런 건 아닌데 빨리 해결할수록 더 좋을 것 같아서."

"그럼 최대한 노력해 보는 쪽으로. 콜?"

"콜!"

"하아, 그동안 끝없는 암흑 속을 방황하던 기분이었는데 지금은 출구가 보이는 것 같아."

류정아가 남은 술을 병째로 들이켜고서 벌떡 일어섰다.

"크으! 그럼 내일 봐, 친구!"

"어?"

"안녕!"

발랄하게 작별 인사를 건넨 류정아는 바람처럼 포장마차를 나가 버렸다.

"어, 아, 안녕."

홀로 남은 김두찬의 목소리가 허공에서 힘없이 흩어졌다.

*　　　*　　　*

김두찬은 거울 앞에 서 있었다.

거울 안엔 잡티 없는 하얀 피부에 작은 얼굴, 또렷한 이목구비, 커다란 키, 조각 같은 근육 몸매를 자랑하는 멋진 남자가 서 있었다.

김두찬은 거울 속의 사내에게 물었다.

"넌 누구야?"

거울 속의 사내가 대답했다.

"난 너야."

"네가… 나라고?"

"응."

김두찬이 헤벌쭉 웃으며 자신의 몸을 두 눈으로 직접 훑었다.

하지만 그의 몸은 거울 속에 비친 것과 전혀 달랐다. 100킬로그램을 육박하는 엉망진창의 몸이었다.

"으아아아아아악!"

김두찬이 머리카락을 쥐어뜯으며 비명을 질렀다. 그러다가 눈을 뜨고 몸을 벌떡 일으켰다.

"허억!"

꿈이었다.

마침 김두찬을 깨우려고 방문을 열었던 여동생이 그대로 굳었다가 식겁해서 소리치며 도망쳤다.

"엄마! 아빠! 돼지가 멱 따이는 꿈꿨나 봐!"

"두리야! 오빠한테 자꾸 돼지가 뭐니! 꿀꿀아~! 밥 먹어라."

"어허, 아주 모녀가 작정하고서 내 아들 놀리네? 두찬아! 얼른 와, 사료 먹자."

또 시작이다.

가족들이 합심해서 펼치는 '일부러 자극 주기' 방법. 하지만 저런 자극에는 이미 익숙해진 김두찬이었다.

그는 놀림을 무시하고서 스마트폰 카메라로 자신의 얼굴을 살폈다.

"휴우, 꿈이 아니었어."

다행스럽게도 그의 얼굴은 랭크 업을 하며 성형수술이 된 그대로였다.

김두찬은 문득 가족들의 반응이 궁금했다.

다른 사람들은 김두찬의 얼굴이 변한 걸 인지하지 못했다. 과연 줄곧 살을 맞대고 살아온 가족들도 그럴까?

김두찬이 거실로 나와 식탁에 앉았다.

그 순간.

"꺄아아악!"

김두리가 김두찬의 얼굴을 보고 놀라 비명을 질렀다.

'뭐야? 달라진 걸 알아챈 거야?'

"오빠… 어, 얼굴이… 얼굴이……!"

김두리가 검지로 김두찬의 얼굴을 가리키며 덜덜 떨었다.

"내, 내 얼굴이 왜?"

"못생겼어."

"……."

김두리는 그 말만 하고 열심히 밥 먹는 데 집중했다.

"헤헷. 계란말이 열라 맛낭~!"

식탁은 오늘도 평화로웠다.

Liking 4
잭팟!

오늘은 강의가 이른 점심 무렵부터 죽 몰려 있었다.

11시에 영상 기초를 시작으로 시나리오 작법, 극작 기초까지 연달아 들으면 5시 40분에 강의가 끝난다.

그러니 오전 중에 주로미를 스타일링해서 학교에 데리고 가면 딱 좋을 것 같았다.

김두찬은 버스에 타 좌석을 살폈다.

혹시나 했는데 정미연의 모습은 찾아볼 수 없었다.

먼저 앞서 갔거나 김두찬보다 늦었거나 했을 테지.

이왕이면 먼저 가주는 쪽이 좋았다.

잠실에 거의 도착할 때쯤, 주로미에게 연락이 왔다.

'로미가 무슨 일로?'

김두찬이 전화를 받자마자 활기찬 음성이 고막을 때렸다.

—두찬아! 나 지금 로미랑 같이 있어!

"정아?"

—웅! 내 목소리 들으니까 반갑지? 너한테 연락하려고 했는데, 생각해 보니까 번호도 교환 안 했지 뭐야. 그래서 로미 전화로 콜 때렸어. 어디야?

사실 주로미에게도 김두찬의 연락처는 없었다.

하지만 과 비상 연락망이 학교 카페에 올라와 있었다.

거기엔 모든 과 학생들의 연락처가 기재되어 있었으니 김두찬의 번호를 알 수 있었던 것이다.

"나 잠실 거의 다 와가."

—4번 출구로 오셔~ 브라더!

통화는 그렇게 끊겼다.

김두찬은 버스에서 내리자마자 4번 출구 앞으로 갔다.

거기엔 주로미와 류정아가 함께 서 있었다.

연신 구름 위를 걷는 사람처럼 붕 떠 있는 류정아와 달리 주로미는 한껏 불편한 기색으로 고개를 푹 숙인 채였다.

주로미는 당장이라도 도망가고 싶었다.

하지만 류정아가 팔짱을 껴서 붙들어놓는 바람에 그럴 수가 없었다.

태권도 국가 대표의 힘은 보통이 아니었다.

"일찍 왔네? 그런데 어떻게……."

두 사람 앞에 다가선 김두찬이 고개를 갸웃거리며 물었다.

"한 번만 나와 달라고 사정했지, 뭐. 안 나오면 죽어버릴 거라고 협박했더니 겨우 알았다고 하더라. 그런 거 보면 너도 아직 내가 완전히 미운 건 아닌가 봐, 그치?"

류정아가 샐쭉 웃으며 주로미의 옆구리를 쿡 찔렀다.

"꺅!"

주로미가 비명을 지르며 바들바들 떨었다.

"아, 미안. 너무 셌네. 하, 하하. 자, 이제 어떻게 할 건데?"

김두찬이 류정아를 바라보며 힘을 주어 말했다.

"로미야. 아무 얘기도 없이 이런 일 벌여서 미안해."

"넌 왜 여기 온 건데? 둘이서 무슨 짓 하려는 거야?"

"한 번만, 딱 한 번만 날 믿고 따라와 줘."

주로미가 내리깔고 있던 시선을 살짝 들어 김두찬을 바라봤다.

그녀의 눈동자가 미세하게 흔들렸다.

*　　　*　　　*

김두찬 일행은 정미연의 소속 회사 건물에 도착했다.

정미연은 로비에서 기다리고 있다가 세 사람을 맞이했다.

그녀는 별말 없이 셋을 작은 사무실로 안내했다.

사무실 안에는 듀얼 모니터로 셋팅된 데스크톱과 작은 조명 기기, 그리고 여러 종류의 크고 작은 거울이 사방에 놓여 있었다.

벽 한편에는 작은 이동형 행거에 이십여 벌의 옷이 걸려 있고, 컴퓨터 의자 옆에는 화장 도구가 보였다.

정미연은 류정아와 주로미를 슥 훑었다. 그러고는 대뜸 주로미의 손목을 잡아끌어 의자에 앉혔다.

"스타일링할 사람 맞죠?"

"네, 맞아요."

김두찬이 대답했다.

"그럼 시작할게요. 아, 스타일링해 주는 대신 조건이 있어요. 모든 과정을 인터넷으로 생중계할 건데 괜찮으시겠어요?"

아무런 영문도 모르고 끌려온 주로미가 기겁해서 김두찬을 노려봤다.

"두찬아, 지금 이거 뭐야? 뭐, 뭐 하는 건데?"

분노가 가득 찬 눈에는 그와 같은 크기의 두려움도 공존했다.

주로미의 머리 위에 떠 있던 호감도가 37에서 30으로 하락했다.

순간 김두찬은 불안해졌다.

이게 과연 잘하는 일인 걸까? 괜히 올려놓은 호감도만 깎아 먹는 건 아닐까? 퀘스트 완료까지 남은 포인트는 10이었는데,

이제 도로 20을 올려야 하는 상황이었다.

그러나 이미 엎어진 물이다. 되돌릴 수 없으니 밀어붙여야 한다.

"다 널 위해서 그러는 거니까 조금만 마음을 열어봐, 로미야."

류정아가 김두찬을 도와줬다.

그러는 사이 갑자기 방송이 시작됐다.

듀얼 모니터 중 오른쪽 모니터에 류정아의 모습이 나타났다.

왼쪽 모니터에는 채팅창이 크게 떴다.

이를 본 김두찬이 저도 모르게 중얼거렸다.

"인튜브 라이브?"

그것은 인터넷 실시간 중계방송 인튜브 라이브였다.

정미연은 1년 전 쯤부터 인튜브 라이브 방송을 주기적으로 해왔다.

이유는 셀프 홍보가 되기 때문이었다.

실제로 방송을 보고 연락을 해온 기획사도 제법 있었다.

그녀의 방송 콘텐츠는 당연히 일반인의 스타일링이었다.

1년 동안 꾸준히 그것을 이어나간 결과 지금은 방송을 틀면 기본 300명 이상이 몰린다.

방송이 시작되자마자 시청자가 입장하며 채팅창이 빠르게 올라갔다.

내용의 대부분은 정미연을 찬양하는 글이었다.

단 한 명도 주로미를 비방하지 않았다.

정미연은 자기 방송에서 인성 탑재 못 한 인간들을 바로바로 강퇴시킨다는 걸 아는 팬들이기 때문이다.

"안녕하세요, 여러분. 백아홉 번째 일반인 스타일링을 지금부터 시작할게요."

말이 끝나자마자 정미연의 손이 능숙하게 움직였다.

그녀는 우선 주로미의 머리부터 손질했다. 분무기로 적시고, 가위로 과감하게 이곳저곳을 쳐냈다.

그러면서 입으로 지금의 상황을 간략하게 설명했다.

"여러분, 잠깐 캠 돌려 드릴게요. 여기 덩치 제법 있는 남자분 보이시죠? 이분이 제가 어제 말했던 그분이에요. 소매치기 당할 뻔했는데 도와주셨던. 그래서 제가 보답을 해드리려고 스타일링 받으러 오라 그랬거든요. 누가 보기에도 본인 스타일링이 가장 중요한데, 이분은 자기 친구분을 데리고 와서 스타일링 해달라고 하더라구요. 대단하죠?"

정미연이 이런 말을 하는 건 김두찬을 띄워주기 위해서가 아니었다.

자신의 방송에 스토리를 입히기 위해서였다.

그런데 그게 김두찬에게는 엄청난 여파로 돌아왔다.

갑자기 채팅창에 김두찬을 칭찬하는 말들이 마구 올라왔다.

헨델과 그랬대: 이래서 겉만 보면 안대.

왼손의 흑룡: 크으, 멋짐 ㅇㅈ?

귀신이 싼다: 낫닝겐이십니다!ㅠㅠㅠㅠ

콩순이: 나를 가져요♡

개리롱푸리롱: ㅋㅋㅋㅋㅋㅋㅋㅋㅋ쿨내 나네.

가히 폭발적인 반응이었다.

그와 동시에 김두찬의 눈앞에 시스템 메시지가 떠올랐다.

[호감도를 729포인트 얻었습니다. 보너스 포인트를 분배해 주세요.]

"커헉!"

김두찬이 놀라서 신음을 흘렸다가 얼른 입을 가렸다.

방송 타면서 호감남이 되더니 무려 729포인트를 얻었다.

정미연의 방송을 보는 시청자 300여 명의 호감도가 조금씩 올라서 한 번에 돌아온 것이다.

김두찬의 가슴이 터질 듯 두근거렸다.

한 번도 얻어본 적 없는 거대한 포인트에 이걸 어디에 어떻게 투자하면 좋을지 행복한 고민이 몰려왔다.

'우, 우선은 얼굴에 2, 200 정도?'

김두찬의 얼굴 포인트가 23/100(E)에서 23/100(C)로 두 등급 업그레이드됐다.

그러자 개털이던 머리카락이 윤기 있게 찰랑거리는 생머리가 됐다. 부분 부분 보이던 원형 탈모도 사라졌다. 피부는 전보다 새하얘졌다. 있는 건지 없는 건지 알 수가 없던 민둥 눈썹도 진하게 바뀌었다.

콧구멍 밖으로 서로 튀어나오겠다고 경쟁하던 콧털이 속으로 갈무리됐고, 바늘구멍 같던 눈이 커졌다.

이건 가히 변신이라 해도 좋을 수준이었다.

하지만 거기서 끝이 아니었다.

[얼굴의 랭크가 C로 업그레이드됐습니다. 랭크 업 특전이 주어집니다. 본인의 얼굴 중에서 성형하고 싶은 부위를 두 군데 말해주세요.]

랭크가 두 단계 올라갔으니 성형할 수 있는 부위도 두 군데로 늘었다.

김두찬은 잠시 생각하다가 속으로 외쳤다.

'눈이랑 코!'

김두찬은 자신의 이목구비 중 가장 못난 구석이 눈과 코라고 늘 생각했다.

입 역시 못생기긴 마찬가지였으나 다른 부위에 비해 상대적으로 미세하게 나왔다.

[성형을 시작합니다.]

다시 시스템 메시지가 떠올랐다.

이어, 김두찬의 눈과 코가 울렁거리더니 다른 모습으로 변하기 시작했다.

김두찬은 짧은 시간 동안의 변화를 거친 뒤 다시 태어난 눈과 코를 방송 중인 모니터에 비추어 보았다.

'우와아아아아아!'

하마터면 환호성을 지를 뻔했다.

입만 빼면 이건 준수한 훈남 수준의 외모였다. 아직 전체적으로 살이 빠지지 않아 멋진 얼굴형과 오똑한 코, 우수를 머금은 듯, 부리부리한 듯 아름다운 선을 자랑하는 눈이 달렸음에도 그 매력을 제대로 살리지 못하고 있었다.

그래도 괜찮았다.

전에 비하면 지금은 사람으로 봐줄 수 있는 수준이었다.

[성형 완료. 지금의 얼굴을 사람들의 기억 속에 동기화시킵니다. 동기화가 완료됐습니다.]

동기화까지 완료됐다.

또 한 번 과거의 김두찬이 사라지고 새로운 김두찬이 세상에 모습을 드러냈다.

하지만 아직 기뻐할 일은 더 있었다.

여전히 남아 있는 포인트가 529나 됐다.

김두찬은 100을 얼굴에 다시 투자한 뒤 입까지도 성형했다.

이제 이목구비 자체는 나무랄 것 없이 준수한 수준이 됐다.

'남은 건 살이다!'

김두찬은 남은 포인트를 전부 몸매에 투자했다.

김두찬의 몸매 포인트가 54/100(B)로 무려 네 단계나 업그레이드 됐다.

'윽, 간지러워!'

갑자기 전신이 미치도록 간지러웠다.

그러더니 운동을 그렇게 해도 빠지지 않던 살들이 빠르게 빠져나가기 시작했다.

살에 가려 실종됐던 턱과 목젖, 쇄골이 나타났다.

바람이 꽉 찬 풍선 같던 팔다리가 가늘어졌다.

여자보다 더 큰 컵을 자랑하던 가슴이 가라앉았다.

금방이라도 터질 것 같던 허리가 수축했고, 보기 흉하던 엉덩이도 사이즈가 확 줄었다.

무엇보다 얼굴의 지방이 날아가니 준수한 외모가 갑자기

살아났다.

그 모든 광경이 카메라 렌즈를 통해 생중계되고 있었다.

'로, 로나! 이거 좀 위험한 거 아니야? 사람들이 라이브로 내가 변하는 걸 보고 있는데? 게다가 이거 방송을 녹화라도 하고 있다 치면……'

─걱정하지 마세요. 그건 우리 쪽에서 해결할 수 있는 문제랍니다. 그보다 자기 모습을 더 즐겨보시죠? 아, 그전에 바지춤부터 움켜잡으세요.

로나의 충고가 끝나자마자 헐렁해진 바지가 확 내려가려 했다.

김두찬이 화들짝 놀라 허릿단을 잡아 올렸다. 그리고 벨트를 확 줄여 허리에 꽉 동여맸다.

전에는 겨우 허리를 감싸고 있던 벨트가 엄청나게 남아 뱀처럼 몸을 축 늘어뜨리고 있었다.

김두찬의 시선이 모니터 안에 있는 자신의 모습으로 향했다.

'끝내준다!'

그 안엔 얼떨떨함과 쾌감이 반쯤 섞인 표정으로 미소 짓는 훈남이 서 있었다.

말 그대로 환골탈태였다.

한데 거기서 끝이 아니었다.

[몸매의 랭크가 B로 업그레이드됐습니다. 랭크 업 특전이 주어집니다. 네 번의 업그레이드로 키가 6㎝ 커집니다.]

'뭐? 키가 커진다고?'

그때 로나의 음성이 들려왔다.

─그렇답니다. 몸매는 랭크가 올라갈 때마다 키가 1.5센티미터씩 자라나는 특전이 주어진답니다.

'대박이다!'

김두찬의 현재 키는 168㎝이다. 그런데 6㎝가 더해지면 174㎝가 된다!

윗동네 공기는 어떤지 항상 궁금했던 그였다.

하지만 이제 궁금할 필요가 없다! 직접 맡아보면 되는 일이다!

김두찬의 전신이 또다시 간질간질거렸다.

그러면서 뼈와 근육이 늘어났다.

고통 같은 것은 없었다.

딱 174센티미터가 되는 시점에서 자라나던 키가 멈췄다.

이전에도 훈남이었는데 키까지 커지니 더더욱 멋졌다.

김두찬은 소리라도 지르고 싶은 걸 참느라 죽을 지경이었다.

그가 들뜬 마음을 진정시키고서 상태창을 띄웠다.

이름: 김두찬

성별: 남

키: 174㎝

몸무게: 80㎏

얼굴: 23/100(B)

몸매: 54/100(B)

체력: 0/100(F)

손재주: 0/100(B)

소매치기: 0/100(F)

기억력: 0/100(F)

100킬로그램에 달하던 몸무게가 80킬로그램으로 줄어 있었다.

얼굴과 몸매의 랭크는 B다.

하지만 체력이 F였다.

'아, 이러면 빛 좋은 개살구네.'

허우대는 멀쩡한데 힘은 전혀 쓰지 못하는 약골이나 다름없는 상태다.

김두찬은 다음에 포인트를 얻으면 체력에 투자해야겠다고 마음먹었다.

[완료. 지금의 모습을 사람들의 기억 속에 동기화시킵니다. 동

기화가 완료됐습니다.]

늘어난 키와 줄어든 몸까지 동기화됐다.

이제 더 이상 안경 돼지 김두찬은 없었다.

시력이 안 좋은 훈남 김두찬이 있을 뿐이었다.

김두찬은 카메라 앞에서 옆으로 돌아보고, 뒷모습을 비췄다.

날씬했다.

물론 아직 몸 구석구석 붙은 살이 적지 않았지만 그래도 좋았다.

그런 김두찬을 정미연과 류정아가 이상하게 쳐다봤다.

"너 왜 그래?"

류정아는 김두찬의 어깨를 툭 쳤다.

김두찬이 아직도 얼떨떨한 얼굴로 류정아에게 물었다.

"나 어디 변한 것 같지 않아?"

"수수께끼 내는 거야?"

류정아는 도통 모르겠다는 얼굴이었다.

김두찬은 조금 전까지만 해도 고개를 한참 들어 올려야 했던 류정아와 거의 대등한 눈높이로 대화를 할 수 있다는 사실이 감격스러웠다.

―축하드려요, 두찬 님. 인터넷 방송 덕분에 노나셨네요.

한동안 조용히 있던 로나가 말을 걸어왔다.

'나도 일이 이런 식으로 풀릴 줄은 몰랐어.'

―변한 모습은 마음에 드시나요?

'정말, 완전히, 너무나, 굉장히 마음에 들어! 이 게임… 시작하길 잘했어.'

정미연의 인튜브 라이브 방송 덕분에 생각지도 못했던 잭팟이 터졌다.

김두찬은 단 한 번의 잭팟으로 훈남이 되었다.

Liking 5

하트의 한 조각

―이 시점에서 알려 드릴 게 하나 있답니다.

'응? 뭔데?'

―하루에 얻을 수 있는 호감도의 최고치는 1,000이랍니다.

'엥? 그런 이야기는 사전에 없었잖아.'

―나중에 천천히 알려 드리려 했답니다. 설마 게임 접속 이틀 만에 700이 넘는 호감도를 한 번에 얻으리라고는 생각 못 했거든요. 아울러 한 가지 더.

'또 있어?'

―얼굴을 직접 대면하지 않은 상태에서 호감도를 100까지 올릴 경우엔 그 사람의 가장 뛰어난 능력을 익힐 수 없답니다.

그러니까 지금 같은 경우를 말하는 거다.

김두찬은 그런 제약이 왜 필요할까 고민하다 이내 답을 찾았다.

이건 정말 말도 안 되는 일이지만, 내가 만약에, 만약의 만약에, 만에 하나라도 연예인이 된다면, 그래서 인기를 끌고 사생팬들이라도 생긴다면, 그러면 그들의 호감도가 100을 치는 건 예삿일일 테고 그들의 능력을 어마어마하게 습득하게 될테지?

그런 가정을 풀어놓으니 이건 플레이어가 갑자기 말도 안 되는 먼치킨이 되는 걸 막기 위한 시스템이란 결론이 났다.

그 정도는 이해할 수 있었다.

무엇보다 지금은 하루에 1,000이라는 호감도를 자주 얻을 수 있을 리 없었다.

언젠가부터 정미연이 하고 있는 이런 인터넷 방송이 유행을 타고 있다지만, 김두찬은 BJ 같은 것이 될 깜냥이 안 됐다.

그걸 할 생각도 없었다.

그것도 다 능력이 있어야 하는 일이다.

시청자들을 끌어당기는 위트가 있어야 하고 참신한 콘텐츠를 만들어낼 수 있는 아이디어도 넘쳐야 한다.

'괜히 일확천금 노렸다가 쪽박 차지.'

카메라 틀어놓고서 어버버거리고 지루하게 끌어나가면 호감도가 올라가기는커녕 깎인다.

김두찬은 다른 방법으로 호감도를 공략하기로 했다.

지금처럼.

싹뚝싹뚝.

정미연의 손이 수려하게 움직였다. 그럴수록 머리카락에 가려져 있던 주로미의 얼굴이 드러났다.

"혹시 눈 나빠요?"

정미연이 주로미에게 물었다.

주로미가 고개를 끄덕이려던 찰나, 그녀의 손이 주로미가 쓰고 있던 뿔테 안경을 낚아챘다.

"어!"

"이거 도수 없는 알인데. 앞으로 쓰지 말아요."

주로미가 뭘 어떻게 할 수도 없이 안경은 바닥에 내팽개쳐졌다. 때문에 주로미의 얼굴이 훤히 드러났다.

그녀는 모니터에 비추어지는 자신의 얼굴에 놀라 얼른 고개를 숙였다. 그에 정미연이 주로미의 턱을 잡아 들어 올렸다.

"봐요. 모니터에 비친 그쪽 얼굴. 냉정하게 객관적으로 판단했을 때도 예쁘잖아."

"이, 이것 봐요."

"옆에 채팅창 좀 보죠?"

주로미의 시선이 억지로 채팅창을 향했다. 그리고 빠르게 올라가던 채팅을 읽던 그녀의 눈이 휘둥그레졌다.

도리: 심멎!!

블러드오션: 우와… 왜 저 얼굴을 가리고 다닌 거야?

재원마눌: 언니~! 세젤예에여@_@

김왕장: 혹시, 애인 있으십니까? 물론 저는 없습니다.

헤드헌터: 연예인 뺨친다.

"반응들이 엄청나죠? 단 한 명도 그쪽 얼굴 못생겼다고 하는 사람 없네요. 그런데 그 예쁜 얼굴을 왜 그렇게 꽁꽁 감추고 다녀요? 이거 그쪽보다 덜 예쁜 사람들 기만하는 거 아니야?"

정미연은 말을 하는 와중에도 계속 손을 놀렸다.

지저분하게 얼굴을 가리고 있던 주로미의 머리카락이 깔끔한 단발로 바뀌었다.

정미연이 그것을 고데기로 다시 한번 만지자 윤기 있게 찰랑였다.

"머리는 다 됐고. 다음 단계로 넘어가 볼게요."

정미연이 이번엔 주로미의 얼굴에 화장을 시작했다.

우선 기존의 화장을 전부 지우더니 스킨과 에센스를 바르고 아이크림, 수분크림, 비비도 차례대로 발라준다.

뷰러로 능숙하게 눈썹을 집고서는 마스카라로 속눈썹을 칠한다.

아이라인, 아이섀도로 눈을 더욱 아름답게 가꾼 다음엔 순식간에 눈썹을 진하게 그린다.

이후엔 하이라이팅 처리를 한 뒤, 입술에 틴트를 바르고 볼 터치까지 하는 것으로 마무리.

과하지 않은 화장은 여자의 미모를 200퍼센트 업그레이드 시켜 준다.

지금의 주로미가 딱 그랬다.

맨얼굴도 예뻤는데, 적당한 화장이 어우러지니 금상첨화였다.

침어서시(侵魚西施)가 따로 없었다.

'예쁘다.'

모니터를 보고 있던 김두찬이 저도 모르게 침을 꿀꺽 삼켰다.

그녀의 미모는 미연시 게임에서 나오는 2D 캐릭터들을 전부 씹어 먹을 정도였다.

"내 친구 진짜 대박 예쁘다. 그치?"

류정아가 눈을 초롱초롱 빛냈다.

"마지막으로 옷 좀 바꿔 입죠?"

"네?"

정미연이 주로미의 몸을 빠르게 더듬었다.

"어머나. 44네? 그런데 나올 곳은 또 빵빵하게 나오고. 사기 캐였어요? 그 몸매 그렇게 가리고 다닐 거면 차라리 날 주지. 다 주기 힘들면 가슴이나 엉덩이라도."

짓궂은 정미연의 농담에 주로미의 얼굴이 붉게 달아올랐다.

정미연은 말을 하면서도 쉬지 않고 움직였다.

뒤에 있던 이동식 행거에서 세 가지 타입의 옷을 가져와 주로미에게 대보더니 하나를 선택했다.

"역시 이런 몸은 가리고 다니면 죄악이지. 따라와요."

정미연이 주로미를 끌고 천으로 가려놓은 간이 탈의실로 들어갔다.

잠시 후, 정미연이 탈의실에서 나왔다.

그녀의 뒤에서 주로미가 수줍게 모습을 드러냈다.

정미연은 카메라를 그녀 쪽으로 돌렸다.

몸매가 잘 드러나는 베이비핑크색 원피스를 걸친 주로미는 그야말로 청순의 대명사로 바뀌어 있었다.

"마무리."

정미연이 그녀의 운동화를 벗기고 클래식한 아이보리색 단화를 신겼다.

그것으로 끝.

태평예술대학교 시나리오극작과의 은따이자, 음울함의 상징인 주로미가 청순가련 핑크빛 여신으로 다시 태어났다.

정미연은 전신 거울을 가리키며 주로미에게 물었다.

"어때요? 자기 모습."

거울에 비친 본인의 모습을 본 주로미는 놀라서 두 손으로 입을 가렸다.

여태껏 가리고 다닌 게 억울할 정도로 주로미는 아름다웠다.

"이제 두 번 다시 이런 누더기 같은 거 걸치고 다니지 말아요. 머리카락으로 얼굴 가리지도 말고. 뭐하는 짓이야. 그리고 아저씨."

"네, 네?"

"우리 이제 퉁친 거예요. 나 빚 없는 거야. 그렇죠?"

"아, 네. 감사합니다, 미연 씨."

김두찬이 어눌하게 웃으며 허리 숙여 인사했다.

그 모습을 보던 정미연이 피식 웃었다.

"됐어요, 뭘 그렇게까지 해. 그런데 이름이 뭐예요?"

"기, 김두찬입니다."

"이름이 참 레트로하네."

그렇게 말하며 스마트폰의 주소록에 김두찬의 이름을 써 넣는 정미연.

그녀의 머리 위에 떠 있던 숫자가 37에서 60으로 변했다.

[호감도를 23포인트 얻었습니다. 보너스 포인트를 분배해 주세요.]

'우왓! 호감도 올랐다! 이번엔 체력에 몰빵!'

김두찬이 포인트를 전부 체력에 투자했다.

체력 수치가 올라갈 때는 얼굴이나 몸매에 투자할 때와 달리 외적인 변화 같은 걸 느낄 수 없었다.

하지만 전신에서 전에 없던 힘이 미세하게 차오르는 것을 감지할 수 있었다.

'좋아. 이런 거구나!'

김두찬이 주먹을 불끈 쥐고 고개를 주억거렸다.

그때, 정미연이 방송 종료 멘트를 날렸다.

"오늘도 찾아주셔서 감사했어요, 여러분. 그럼 다음 시간에 또 예고 없이 방송 켤 테니 알림받기 꼭 체크해 주세요. 안녕."

정미연은 멘트가 끝나자마자 방송을 끄더니 폴더 하나를 클릭해 열었다.

그 안에는 그녀가 지금까지 방송했던 모든 영상이 저장되어 있었다.

물론 오늘 방송한 영상도 존재했다.

정미연이 그것을 플레이했다.

"녹화 잘 됐나."

그에 김두찬이 잔뜩 긴장해서 컴퓨터 모니터에 시선을 고정했다.

김두찬의 외형이 변하는 모습이 고스란히 녹화되었기 때문이다.

그런데.

"어?"

녹화된 영상 속 김두찬은 처음부터 외형이 변한 이후의 모습 그대로였다.

귀신이 곡할 노릇이었다.

대체 마르키아 행성의 르위느 종족이라는 이들의 과학력은 얼마나 발달한 것인지 감조차 잡을 수 없을 지경이다.

아니, 이 정도면 과학이 아니라 마법이다, 마법.

정미연은 영상을 중간중간 뛰어넘어 보더니 파일을 닫았다.

"잘 됐네."

그녀가 뒤로 빙글 돌아서더니 김두찬의 몸을 훑어 보고 미간을 찌푸렸다.

"좋은 몸매는 아니지만, 그렇게 무너진 몸매도 아닌 사람이 옷을 왜 그 모양으로 입고 다녀요?"

현재 김두찬은 갑자기 살이 빠지는 바람에 본래 걸치고 있던 옷이 힙합 스타일처럼 축축 늘어진 상태였다.

"잠깐만 기다려요."

정미연이 사무실을 나서더니 잠시 후, 파란색 티와 청바지 한 벌을 들고 돌아왔다.

"대략 80킬로그램 정도 되죠?"

정확했다. 눈썰미가 보통이 아닌 여자였다.

"네, 네."

"입어봐요. 맞을 거예요."

김두찬이 탈의실로 들어가서 환복하고 나왔다.

그러자 그의 외모가 한결 더 빛이 났다.

옷이 날개라는 말이 괜히 있는 게 아니었다.

정미연은 김두찬이 원래 입고 있던 옷을 쓰레기통에다가 과감히 처박았다.

"앞으로 이런 옷은 다 버리세요. 아니면 어디 기부하든가."

"저기 옷값은……?"

"가져요, 그냥. 얼마 안 해요. 저 아가씨 것도 싸게 산 거니까 부담스러워할 필요 없어요. 지갑 잃어버렸으면 기백 날아갔을 거예요."

좀 성격이 세고, 차갑긴 하지만 보답은 확실히 하는 정미연이었다.

"감사합니다!"

김두찬이 크게 인사를 했다.

그러자 주로미 역시 저도 모르게 고개를 꾸벅 숙였다.

"오후 스케줄이 바빠요. 그전까지 푹 쉬고 싶으니까 그만들 나가보세요. 안녕."

김두찬 일행은 내쫓기듯 황급히 사무실을 나섰다.

정미연의 눈동자에 김두찬의 등이 담겼다.

*　　　　*　　　　*

건물을 나서자마자 류정아가 주로미에게 말했다.

"로미야. 두찬이한테 뭐 할 말 없어?"

주로미가 머뭇머뭇 거리다가 겨우 입을 열었다.

"고, 고마워, 두찬아."

말을 함과 동시에 그녀의 머리 위에 있던 호감도 수치가 30에서 70으로 올랐다.

김두찬을 상당히 좋은 친구로 인식한 것이다.

때문에 지금 그녀의 입에서 나온 고맙다는 말은 거짓이 아니었다.

김두찬이 저도 모르게 파이팅 포즈를 취하고서 크게 소리쳤다.

"아잣!"

이를 본 주로미가 놀라 굳었다.

"어머나."

"헉! 미, 미안."

김두찬은 얼른 들어 올렸던 팔을 내리고, 쩍 벌렸던 다리를 가지런히 모았다.

혼자서 게임하고 놀던 시절 하던 버릇이 있어 저도 모르게 튀어나와 버린 것이다.

"아하하하하! 김두찬! 너 진짜 대박이다. 뭐야, 그게?"

"너무 기뻐서 나도 모르게 그만."

"괜찮아, 괜찮아. 순수해서 그런 거야."

역시 날개 없는 천사, 마더 테레사의 환생, 사람을 무조건 좋아하고 보는 류정아다웠다.

[호감도를 30포인트 얻었습니다. 보너스 포인트를 분배해 주세요.]

주로미의 호감도는 40이 올랐지만 얻은 포인트는 30이었다.

주로미의 호감도가 40에서 30까지 한 번 떨어졌기 때문에, 10은 무효가 된 것이었다.

김두찬이 포인트를 어디에 투자할까 고민하다가 이번엔 기억력에 투자했을 때, 또 다른 시스템 메시지가 나타났다.

[퀘스트: 주로미의 호감도를 40포인트 얻어라. 40/40]
[퀘스트를 완료했습니다. 보너스 포인트 20이 지급됩니다.]

'오, 보너스 포인트가 지급되는구나!'
ㅡ오른쪽 손등을 보시겠어요?
갑자기 로나가 말을 걸어왔다.
김두찬은 그녀가 시키는 대로 오른쪽 손등을 봤다.
다섯 조각으로 균열이 가 있는 하트 중 하나의 조각이 붉은색으로 채워졌다.
ㅡ축하드립니다. 하트의 한 조각을 채우셨네요.

'그러니까 이 다섯 조각을 다 채워서 완벽한 하트를 만들면 끝내주는 보상이 지급된다 이거지?'

─그럼요. 정말 정말 끝내주는 보상이 지급될 거랍니다. 두찬 님께서는 상상도 하지 못할 정도로 말예요.

김두찬은 그 보상이라는 게 뭔지 점점 더 궁금해졌다.

그래서 퀘스트들을 빨리 해결하고 싶은 마음이 커져갔다.

'나머지 퀘스트들도 다 이런 식인 거야? 다른 사람의 호감도를 올려야 하는?'

─아니오. 퀘스트는 발생하는 확률만큼이나 제멋대로랍니다. 언제 어디서 어떤 종류의 퀘스트가 나타날지 아무도 알지 못한답니다.

'그거 완전 주먹구구식 아니야?'

─인생만큼 더 불확실한 게 있을까요?

하긴 그렇다.

인생이라는 건 당장 내일 어떻게 될지 알 수 없는 상태로 살아가게 마련이다.

그에 비하면 퀘스트가 불확실한 확률로 아무렇게나 발생하는 건 아무것도 아니다.

'그래, 이해했어. 이번에도 보너스 포인트는 전부 기억력에 올인.'

기억력이 올라갈 땐 얼굴이나 몸매, 체력이 올라갈 때처럼 어떤 변화 같은 것을 확실히 느낄 수 없었다.

그저 상태창의 포인트가 올라가는 것으로 무언가 변화가 있겠거니 짐작만 할 뿐이었다.

"로미야, 너 이제 두 번 다시 전처럼 가리고 다니지 마."

류정아가 주로미의 등을 탕탕 두들겼다.

주로미는 선뜻 대답하지 못하고서 머뭇거렸다.

그러자 류정아가 주로미에게 얼굴을 바짝 들이댔다.

"대답 좀 해주라. 설마 아직도 나한테 화 덜 풀린 거야?"

"아, 아니야. 고… 마워."

"어? 고맙다고? 진짜? 방금 더 고맙다고 그랬지? 화 풀린 거지?"

"응……."

"오케이! 무르기 없다? 이제 전처럼 다시 친하게 지내는 거야?"

"그래……."

"아하하하! 속 시원해. 한 백 년 묵은 체증이 훅 내려가는 것 같네."

류정아의 깨방정에 주로미가 피식 웃었다.

류정아는 김두찬의 손을 악수하듯 잡고서 거칠게 흔들었다.

"두찬아, 정말 정말 고마워. 전부 네 덕분이야."

"내가 뭘……."

"아, 그리고 네가 저 여자분 소매치기 당할 뻔했던 거 막아

줬다며? 대단하다, 진짜. 멋지다, 내 친구."

"그건 그냥 어쩌다 보니……."

"자자, 오늘 같은 날 그냥 지나갈 수 없지! 다 같이 아점 먹으러 가자!"

류정아는 다른 두 사람의 의견은 듣지도 않고 강제로 끌고 갔다.

팔목을 잡혀 끌려가며 김두찬이 소리쳤다.

"으악! 파, 팔 빠져!"

"로미도 얌전히 따라오는데 사내자식이 엄살은!"

"지, 진짜 빠져! 으아아악!"

고통스러움에 비명을 지르는 김두찬을 보며 주로미가 빙그레 미소 지었다.

*　　　*　　　*

"우와아."

"대박."

"저런 애가 우리 학교에 있었어? 어느 과 몇 학년이야?"

"전학 왔나?"

"야, 이 병신아, 대학교도 전학이 되냐?"

"레알 여신이다."

캠퍼스의 모든 사람들이 주로미에게 시선을 빼앗겼다.

주로미는 그런 시선들이 부담스러우면서도 내심 좋았다.

외모를 숨기고 다닌 이후 계속해서 웅크려 있던 자신감이 서서히 기지개를 켜고 있었다.

그녀의 곁에서 발맞추어 걷고 있던 김두찬도 덩달아 뿌듯해졌다.

하지만 마냥 뿌듯해할 수는 없었다.

"근데 옆에 있는 애는 누구야?"

"음… 그냥 준수한데."

"여자랑 너무 차이 난다. 남자가 좋아서 일방적으로 따라다니는 거 아냐?"

외모와 몸매의 랭크가 올라서 전보다 훈남 반열에 살짝 발을 걸친 김두찬이었다. 하지만 주로미의 외모가 워낙 빛이 나나 보니 상대적으로 못나 보였다.

그에 김두찬이 조심스레 발걸음을 늦췄다.

주로미와 조금 떨어서 가는 게 낫겠다 싶었다.

그런데 그때.

스윽.

"어?"

주로미가 김두찬에게 팔짱을 꼈다.

"괜찮아. 신경 쓰지 말고 그냥 같이 걷자."

두 사람은 다시 나란히 걸음을 옮겼다.

모든 남성들의 부러움과 질투에 찬 시선이 김두찬의 뒤통수를 때렸다.

*   *   *

강의실에 들어선 주로미의 미모에 모든 학생들이 넋을 빼앗겼다.

남자들은 눈이 하트가 되었고, 여자들은 시기 질투에 눈을 흘겼다.

하루 만에 사람이 달라져서 왔다.

어제만 해도 우울하기 그지없는 찐따에 은따였던 여자애가 여신이 돼서 나타났다.

그동안 그녀를 무시했던 여자들은 빛이 나는 포스에 감히 다가가지도 못했다.

남학생들 역시 마찬가지였다.

그 속에서 용감하게 다가오는 유일한 사람이 있었으니 정지훈이었다.

하늘을 찌르는 오만함으로 무장을 하고서는 교묘하게 그것을 감추고 사는 인간.

지금도 가식적인 미소로 온화함을 그려내고 주로미에게 다가왔다.

"로미야, 이게 무슨 일이야? 진짜 예쁘다."

부드럽게 말하는 목소리 속엔 자신이 충분히 주로미를 휘두를 수 있다는 자신감이 숨어 있었다.

정지훈은 주로미가 자기를 좋아한다는 걸 알고 있다.

그래서 '저렇게 꾸미고 나타난 것도 날 유혹하려는 거 아닌가?' 하는 착각을 했다.

하지만 정지훈의 생각은 순식간에 산산조각 났다.

"…미안한데, 나한테 말 걸지 말아줬으면 좋겠어."

"…어?"

"너랑 말 섞기 싫어."

단호한 주로미의 면박에 정지훈은 얼굴이 벌겋게 됐다.

"하하, 기분이 좀 안 좋은 것 같네. 몰랐어, 미안해."

그는 애써 당황한 것을 감추며 어색하게 웃었다.

'저 개 같은 년이!'

정지훈이 속으로 쌍욕을 내뱉으며 뒤돌아섰다.

그 모습을 보는 김두찬의 속이 뻥 뚫린 것만 같았다.

주로미는 작은 한숨과 함께 주먹을 꽉 쥐었다.

독하지 않은 그녀로서는 이런 말을 하는 데 상당한 용기가 필요했다.

그런 주로미를 보며 김두찬이 방긋 웃어주었다.

주로미도 김두찬을 따라 배시시 미소 지었다.

화요일의 첫 번째 강의가 끝나고 짧은 휴식 시간이 지난 뒤 바로 두 번째 강의 '시나리오 작법'이 시작됐다.

학생들이 삼삼오오 모여 떠들고 있는 강의실 안으로 담당 교수가 들어섰다.

리드미컬한 걸음으로 검은 생머리를 휘날리며 교단에 선 서른 초반의 여인은 자신감에 가득 찬 시선으로 학생들을 둘러봤다.

"조금 전에 보고 또 보니까 엄청 반갑지?"

그렇게 나이가 많지 않은 데다 여인임에도 불구하고 스스럼없이 반말을 해댄다.

강의실에는 늦은 나이에 입학한 학생도 있었다.

때문에 나이가 지긋한 교수님도 대부분 말을 할 때 예의를 갖추거나 조심하는 편이었다.

하지만 여인에게서는 그런 모습이 보이지 않았다.

목소리에 힘이 있었고, 태도는 당당했다. 한데 그것이 건방져 보이거나 밉지 않았다.

그게 그녀의 매력이었다.

젊은 나이에 예술대학 전임 교수가 된 여인의 이름은 구모니카.

이름처럼 이국적인 외모를 가진 사람이었다.

태평예술대학에서 그녀가 담당하고 있는 강의는 영상 기초와 시나리오 작법이었다.

두 과목 다 전공 필수 과목이라 화요일은 네 시간 동안 그녀와 얼굴을 마주해야 했다.

"혹시 이 과목에 지대한 관심을 가지고서 예습이라는 성스러운 행위를 해온 학생 있을까?"

구 교수가 즐거운 듯 학생들을 훑으며 물었다.

"자, 플롯의 종류에 대해서. 시간 관점에서 보는 플롯은 순차, 회상, 부챗살, 역행, 순환 등이 있고, 그 외에 다른 플롯으로는 숫자, 성격으로 구분할 수 있다는 건 공부한 사람만 알겠지? 여기서 문제. 시간 관점 플롯에 대해 설명할 수 있는 사람?"

그러자 아무도 손을 들지 못했다.

도록도록, 열심히 눈만 굴려댔다.

그때 유아라가 조용히 손을 들었다.

"예쁜이 아라~ 얘기해 봐."

유아라는 정지훈의 시선을 신경 쓰며 자신 있게 늘어놨다.

"순차는 내용의 스토리를 플롯으로 구성했을 때 순서대로 가는 거고 역행은 뒤죽박죽으로……."

"땡!"

"네?"

"틀렸다고."

유아라가 잘못된 내용을 얘기하자 구 교수가 대번에 그녀의 발언권을 박탈했다.

정지훈에게 잘 보이고 싶었던 유아라의 뺨이 붉게 달아올랐다.

"더 확실히 아는 사람 없어?"

구 교수가 학생들을 둘러봤다.

하나같이 그런 구 교수의 시선을 피하고 있었다.

그런데 김두찬만 구 교수를 똑바로 바라보고 있었다. 그녀가 낸 문제에 답을 하려던 건 아니었다.

다만 그가 구 교수에게 집중하고 있었던 건 머리 위의 호감도 때문이었다.

'50? 구 교수님도 날 그렇게 싫어하진 않았구나.'

그렇다고 좋아한다고 하기에도 애매한 수치였다.

이도 저도 아닌 적당한 중립적인 입장을 그녀는 고수하고 있었다.

모든 학생들에게 마찬가지였다.

구 교수는 학생들 대함에 있어 차별을 두지 않았다.

하지만 그것만으로도 김두찬에게는 커다란 감동이었다.

"김두찬."

"……."

"김두찬!"

"네, 네?!"

멍하게 있던 김두찬이 놀라 대답했다.

"네가 말해봐."

"뭐, 뭐를요?"

얼빠진 물음에 학생들의 입에서 웃음이 터져 나왔다.

"시간 관점 플롯에 대해 설명을… 아니다. 뚫어져라 날 보고 있길래 뭔가 있는 줄 알았지. 그냥 멍 때렸던 거야? 사람 헷갈리게 하고 그래. 그럼 이번엔 누굴 시킬까~?"

구 교수의 시선이 다른 학생들에게로 돌아가려 할 때였다.

"시, 시간 관점에서 보는 플롯의 종류에는 순차, 부챗살, 회상, 역행, 순환 등이 있습니다. 순차는 1부터 10까지의 사건이 있다고 가정했을 때 그것을 시간순으로 보여주는 구성이

고 부챗살은 현재시점을 중심으로 과거를 부챗살처럼 오가며 보여주는 방식입니다. 역행은 현재의 시점에서 과거로 거슬러 올라가는 방법이며, 회상은 현재에서 시작해 회상을 이용, 과거로 돌아가 다시 순차적으로 사건을 보여주는 방식입니다. 마지막으로 순환은 미래의 어느 사건의 원인이 과거에서 시작되는 경우입니다. 아울러 순차 플롯은 대부분의 영화들이 차용하는 형식이며, 회상 플롯의 대표작으로는 시민 케인, 부챗살 플롯의 대표작은 포레스트 검프, 역행 플롯의 대표작은 박하사탕, 순환 플롯의 대표작은 팬도럼 등이 있습니다."

김두찬이 막힘없이 대답했다.

강의실에 있어도 머릿속으로 딴생각을 하는 것 말고는 딱히 할 게 없는 김두찬이었다.

다른 친구들처럼 어울려서 같이 수다를 떨 상대가 없기 때문이다.

물론 이제 주로미와 친해졌지만 아직 다정하게 대화를 나누는 건 조금 어색했다. 그저 서로한테 나쁘지 않은 감정이라는 것만 알고 있을 뿐.

그래서 괜히 오늘 배울 구 교수의 전공 서적을 몇 페이지 미리 읽었다.

그랬는데 구 교수의 질문에 읽었던 페이지가 사진을 찍은 것처럼 떠올라 보이는 대로 줄줄 읊었을 뿐이다.

그렇게 대답을 하고 난 다음에는 선명하던 페이지가 흐릿해지며 부분부분 이가 빠진 것처럼 지워졌다.

그것이 F등급 50포인트까지 올린 기억력의 힘이었다.

강의실에 있던 모든 이의 시선이 김두찬에게 집중되었다.

"헐, 두찬이 대박."

"생각보다 스마트하네?"

여기저기서 짧은 감탄사가 터져 나왔다.

아울러 속으로 이런 생각을 하는 여학생도 있었다.

'저렇게 조용히 있다가 갑자기 포텐 터지는 애들이 매력 있던데.'

김두찬은 자신에게 향한 사람들의 눈동자가 부담스러웠다. 그런데 다음 순간 놀라운 일이 일어났다.

'어? 어어어?'

학생들의 머리 위에 떠 있는 호감도 수치가 일제히 올라갔다.

적게는 5에서 많게는 30까지 올라가고 있었다.

심지어 김두찬의 유일한 친구라 할 수 있었던 장재덕의 경우 호감도가 53에서 87까지 고공 상승했다.

장재덕은 입을 쩍 벌리고서 한껏 놀란 표정을 지었다.

장재덕은 맘이 독하지 못하고 여린 사람이었다. 그래서 남을 잘 미워할 줄 모르고, 속도 없으며 항상 웃고 다녔다. 때문에 장재덕이 그나마 김두찬을 상대해 줬던 것이다.

류정아의 남자 버전 정도 되겠으나 두 사람이 결정적으로 다른 건, 류정아는 자기 잇속을 차리고 남에게 등쳐 먹히는 일이 없는 반면, 장재덕은 맨날 등쳐 먹혔다.

매일같이 잘해주고 당했다.

그런데도 늘 타인에게 마음을 열고 다가갔다.

김두찬도 그걸 알고 있었다.

하지만 딱히 자신이 손 쓸 방도가 없기 때문에 뭘 어쩌지 못했을 뿐이다.

그전에는 김두찬의 인생이 더 엉망이었으니까.

김두찬의 눈앞에 시스템 메시지가 떠올랐다.

[호감도를 218포인트 얻었습니다. 보너스 포인트를 분배해 주세요.]

'우왓!'

전에는 무슨 짓을 해도 비호감이었던 김두찬이었다.

그런데 지금은 교수님의 질문에 대답 한 번 잘했다고 많은 사람들의 호감도가 올라갔다.

왜 이러지? 무엇 때문에 이런 일이 벌어지는 거야?

짧은 고민의 답은 금방 찾을 수 있었다.

'외모!'

김두찬은 예전과 달리 제법 봐줄 만한 훈남으로 변신해 있었다.

그렇다 보니 그를 대하는 다른 학생들의 태도도 달라진 것이다.

물론 그런 것에 휘둘리지 않는 학생도 없잖아 있었다.

김두찬은 달라진 자신의 입지가 뿌듯한 한편, 입안이 썼다.

외모지상주의.

이 세상에는 사람을 외모로 먼저 평가하는 태세가 만연하다.

김두찬은 지금 그 실태를 몸소 체험하고 있었다.

그러고는 씁쓸한 기분을 털어버렸다.

'그래, 어차피 이렇게 되어먹은 세상이라면 내가 얻은 이 힘으로 잘 살아보겠어! 누릴 것들을 제대로 다 누리고 살겠어!'

마음을 굳게 먹은 김두찬이 포인트를 어디에 투자할까 고민하다가 얼굴과 몸매, 체력에 나누어 분배했다.

'몸매에 50, 체력에 77, 나머지는 얼굴!'

이름: 김두찬

성별: 남

키: 175.5㎝

몸무게: 75㎏

얼굴: 14/100(A)

몸매: 4/100(A)
체력: 0/100(E)
손재주: 0/100(B)
소매치기: 0/100(F)
기억력: 50/100(F)

포인트 투자로 얼굴과 몸매, 체력의 랭크가 하나씩 업그레이드되며 시스템 메시지가 연달아 떴다.

[얼굴의 랭크가 A로 업그레이드됐습니다. 랭크 업 특전이 주어집니다. 본인의 얼굴 중에서 성형하고 싶은 부위를 말해주세요.]

[몸매의 랭크가 A로 업그레이드됐습니다. 랭크 업 특전이 주어집니다. 키가 1.5㎝ 커집니다.]

[체력의 랭크가 E로 업그레이드됐습니다. 랭크 업 특전이 주어집니다. 몸의 밸런스가 잡히고 근육이 미세하게 붙습니다.]

시스템 메시지에 따라 얼굴과 전신이 간질거렸다.

그러면서 전체적으로 살이 빠졌고, 키가 1.5센티미터 커졌다.

아울러 약간의 근육이 붙었다.

오늘 새로 받은 옷이 맞지 않게 되어버렸지만 상관없었다.

마냥 기분이 좋은 김두찬이었다.

얼굴은 훈남 이미지를 지켜주던 기존의 이목구비가 더욱 아름다워지고 서로 완벽한 조화를 이루며 어우러졌다.

이제는 훈남이 아니라 미남의 영역에 발을 들여놓게 되었다.

짙은 눈썹, 부드러운 눈매, 우수에 찬 눈동자, 오뚝한 콧날, 적당한 크기에 붉은 입술, 갸름한 턱까지!

살이 조금만 더 빠진다면 그야말로 만찟남이 따로 없을 정도였다.

하지만 여기서 끝난 게 아니었다.

김두찬에게는 아직 성형 보너스가 남아 있었다.

그가 어디를 성형하면 좋을까 고민하다가 문득 떠오르는 것이 있어 로나에게 물었다.

'로나, 두상 같은 것도 성형이 돼?'

─얼마든지요.

그의 머리는 옆 짱구였다.

해서 김두찬은 두상이 예쁜 사람들을 보면 그렇게 부러울 수가 없었다.

얼굴형은 성형 시스템으로 좋아졌지만 두상은 여전히 좀 별로였다.

'두상!'

[성형을 시작합니다. 성형 완료. 지금의 얼굴을 사람들의 기억 속에 동기화시킵니다. 동기화가 완료됐습니다.]

일련의 과정이 빠르게 끝나고 옆 짱구였던 김두찬의 두상이 예쁘게 자리 잡았다.

김두찬은 폰카로 자기 머리를 보며 히히덕거리다가 문득 뭔가 계산이 잘못된 것 같아서 속으로 셈을 해봤다.

'가만. 아까 인튜브 라이브로 얻은 호감도가 729. 정미연에게 23. 로미한테 30. 보너스 포인트까지 20. 다 더하면… 802. 근데 하루에 얻을 수 있는 최대 포인트는 1,000이라고 했는데? 어떻게 방금 218포인트를 얻은 거지? 198포인트를 받아야 하는 거 아니야?'

ㅡ퀘스트 완료 보너스로 얻은 20포인트는 예외로 친답니다.

'아, 그렇구나!'

한마디로 지금 김두찬이 강의실에서 얻은 호감도 포인트는 218 이상이라는 얘기다.

하지만 하루에 얻을 수 있는 한계치가 있으니 그 이상 오르지 않은 것이다.

그렇다면 오늘은 더 이상 다른 사람의 호감도를 올려봤자 무소득이다.

김두찬은 남은 하루를 편안하게 보내자고 생각했다.

그때, 갑자기 퀘스트가 나타났다.

[퀘스트 발동 — 위기에 처한 부모님의 식당을 살리세요. 위기도 90/100]

Liking 7

재덕이의 능력

아니 땐 굴뚝에 연기 나랴?

연기가 나고 있다!

김두찬의 부모님은 식당을 운영하고 있었다.

점심과 저녁, 두 끼 장사를 하는 흔한 동네 밥집이다.

김두찬은 지금껏 식당이 위기에 처할 만큼 운영이 어렵단 말을 단 한 번도 들은 적이 없었다.

두 분은 집 안에서 돈 문제로 전혀 대화를 나누지 않았다.

자식들에게 걱정을 지우지 않기 위해서였다.

그래서 몰랐다.

때문에 김두찬의 입장에서는 아니 땐 불뚝에 연기가 나는 중이었다.

쾌스트가 뜬 이후 김두찬은 모든 신경이 식당에 쓰여 강의에 집중할 수가 없었다.

그는 5시 반을 조금 넘겨서 모든 강의가 끝나자마자 식당으로 향했다.

대중교통을 이용해서 구리에 도착해 먹자골목으로 달려갔다.

부모님의 식당은 먹자골목 내 낡은 건물 1층에 자리하고 있었다.

벌컥!

김두찬이 문을 열고 들어서자 텔레비전을 보고 있던 부모님이 벌떡 일어났다.

"어서 옵쇼!"

"어서 오세요~!"

두 분이 무표정한 얼굴에 얼른 미소를 띠고서 인사를 건넸다.

"저예요."

"너였냐?"

"식당엔 뭐 하러 왔어?"

손님이 아니라 아들임을 확인한 두 사람의 얼굴이 심드렁해졌다.

김두찬은 식당 내부를 둘러봤다.

손님이 한 명도 없었다.

손님이 없는 식당엔 파리라도 날려야 하는데, 파리는커녕 개미 새끼 한 마리 보이지 않는다.

식당 전체가 죽은 것처럼 느껴졌다.

"왜 이렇게 손님이 없어요?"

"밥 때가 아니잖아. 정리하고 들어가려던 참이다."

김승진이 얼버무렸다. 하지만 김두찬은 아버지의 말을 믿을 수가 없었다.

들어가려고 했다기에는 김두찬을 너무 살갑게 반겼다.

"근데 왜 왔냐니까?"

김승진이 말미에 눈썹을 씰룩였다. 그건 김승진의 오랜 버릇이었다. 왜 그런 버릇이 박혀 버린 건지 김두찬은 아직도 알 수 없었지만 그러려니 하고 넘길 뿐이었다.

"오늘 장사는 잘됐어요?"

"네가 뭐 하러 그런 것에 관심을 둬? 장사는 엄마랑 아빠가 알아서 할 테니까 공부나 열심히 해. 등록금 아깝지 않게."

심현미가 핀잔을 줬다.

그러자 김승진이 고개를 갸웃거렸다.

"우리 아들 보훈자녀야, 여보. 등록금 안 들어갔어. 세상을 아주 착각 속에 사네."

김승진은 국가유공자였다.

그 덕분에 김두찬은 보훈자녀 덕을 톡톡히 보고 있다.

심현미 역시 마찬가지였다.

요즘처럼 벌이가 힘든 시절에 등록금이 굳었다는 건 대단한 혜택이었다.

"엄마, 밥 좀 줘요."

김두찬이 두 부부의 맞은편에 앉았다.

"저녁 안 먹었니?"

"네."

"어차피 정리할 건데 집에 가서 줄까?"

"그럼 너무 늦잖아요. 그냥 여기서 파는 거 아무거나 주세요."

"돼지고기 김치찌개 먹을래?"

"좋아요."

심현미가 부엌으로 들어가고 김승진은 다시 텔레비전을 시청했다.

음식이 나오길 기다리면서 김두찬이 로나에게 물었다.

'퀘스트 보니까 위기도가 90이라고 적혀 있던데, 얼마나 위험한 거야?'

─오늘내일하는 거랍니다. 특단의 조치를 취하지 않으면 몇 달을 버티지 못하고 문을 닫게 될지도 모른답니다.

로나는 어마어마한 얘기를 평온한 음성으로 내뱉었다.

김두찬의 심사가 복잡해졌다.

'근데 왜 이런 퀘스트가 뜨는 거야? 내가 무슨 수로 식당을

살리냐고. 아무리 게임이라지만 이건 난이도 최상급 퀘스트잖아. 초보자한테 너무하는 거 아니야?'

─따지고 보면 김두찬 님의 집안일이랍니다. 오히려 고마워해야 하지 않을까요? 집안의 위기를 알려줬는걸요?

'으윽.'

듣고 보니 또 그랬다.

게임 인생 역전이 아니었다면 김두찬은 아직도 집이 이런 상태인지 몰랐을 것이다.

'그럼 위기도를 0으로 떨어뜨려야 퀘스트 클리어인 거야?'

─그렇죠. 물론 위기도가 0이 되었다는 건 말 그대로 위험한 상태를 벗어났다는 것뿐이에요. 그다음부터 어떻게 식당을 운영하느냐에 따라 위기도가 성공도로 바뀔 수도 있고, 다시 위기도의 수치가 커질 수도 있답니다.

로나와 몇 마디를 나누고 나니 근심이 더욱 커졌다.

그러는 사이 심현미가 김치찌개를 내왔다.

밥 한 공기와 찌개, 반찬 몇 가지가 상에 차려졌다.

김두찬은 뚝배기에 담긴 김치찌개를 한 술 떴다.

"후릅."

꿀꺽!

"음."

그냥 돼지고기를 넣고 끓인 김치찌개 맛이었다. 그렇게 맛있지도, 그렇다고 맛없지도 않았다.

'이게 문제인가?'

뭔가 특별할 것이 없다.

이 정도는 가정집에서도 충분히 맛볼 수 있었다.

구리의 먹자골목은 평범한 한식보다 특별한 먹거리를 주종으로 내놓는 곳들이 많았다.

게다가 주로 술을 찾는 사람들의 발길이 자주 오갔다.

한식보다는 특별한 안주로 한잔하고 싶은 것이 당연지사, 두찬이 부모님의 식당이 인기가 없는 것도 당연지사였다.

그렇다고 부모님이 아무 생각 없이 이런 식당을 연 건 아니었다.

3년 전, 김승진은 다니던 회사에서 정리 해고를 당했다.

당장 먹고 살 길이 막막해지자 김승진은 퇴직금과 모아두었던 적금을 투자해 은행 대출을 끼고서 이 작은 식당을 차렸다.

다른 식당에서 주방 일을 하고 있던 심현미도 그것을 관두고 남편을 돕기로 했다.

당시에는 제법 전망이 있어 보였다.

앞으로 이삼 년 내에 먹자골목 인근 노는 땅에 거대한 오피스텔 단지가 들어선다는 정보가 돌았기 때문이다.

그걸 믿고 김승진처럼 식당을 차린 이들도 몇 있었다.

하지만 이 년이 지난 시점에 그들은 전부 업종을 술집이나 퓨전 음식, 또는 타국 음식 전문점으로 바꿨다.

오피스텔 건설 건이 차일피일 미뤄졌기 때문이다.

그 넓은 땅은 여전히 놀고 있었다.

김승진도 덩달아 마음이 급해져 업종을 바꿔야 하나 고민했다.

하지만 심현미는 한식 말고 할 줄 아는 요리가 없었다. 김승진은 아예 요리에 대해서는 일자무식이다.

그렇다고 다른 요리사를 데려다 쓰자니 그것도 모험이고 부담이었다.

게다가 가게 내부와 외관을 새로 리모델링할 여유도 없었다.

그렇게 울며 겨자먹기로 지내다 보니 또다시 1년이 흘렀고 이 지경까지 오게 된 것이다.

'이걸 어쩌지?'

김두찬이 식사를 하며 깊은 고민에 빠졌다.

근심이 가득 차니 입 안으로 들어오는 밥알이 모래알 같았다.

김두찬은 5분도 되지 않아 밥과 찌개, 반찬을 싹 비웠다.

그때까지도 해결책은 떠오르지 않았다.

*   *   *

오늘은 수요일.

시간표를 잘 짜놓은 덕분에 전부 공강인 날이다.

어젯밤, 집에 돌아온 이후부터 아침 일찍 눈을 뜬 지금까지 김두찬의 기분은 영 좋지 못했다.

머릿속엔 온통 이 난관을 어찌 헤쳐 나갈지에 대한 생각만 가득했다.

부모님은 식당으로 나갔고, 김두리도 학교에 갔다.

김두찬은 집에 혼자 남아 끙끙거렸다.

분위기 전환을 시킬 겸 게임이라도 해볼까 했지만 도저히 손에 잡히질 않았다.

괜히 마음만 썩히며 시간을 보내고 있는데, 스마트폰이 울렸다.

발신자는 같은 과 친구 장재덕이었다.

"응, 재덕아. 무슨 일이야?"

─뭐 하고 있었어?

"그냥 있었어."

─그럼 나와라.

"지금?"

─응. 내가 새로 발견한 맛집 있는데 같이 가자. 시원하게 한 번 쏠게. 비싼 곳이야.

장재덕과 알고 지낸 지 고작 두 달이었다.

그런데 장재덕은 그 두 달 동안 무려 다섯 번이나 이유도 없이 김두찬을 불러냈었다.

원체 남에게 뭘 사주는 걸 좋아하고 먹는 것도 좋아하는 장재덕에게는 일상이었으나 김두찬은 매번 이런 상황이 낯설었다.

그래도 자신을 찾아주는 사람이 있다는 것에 기뻐 마다 않고 나갔다.

사실 장재덕은 항상 두찬이만 찾았던 게 아니었다.

다른 친구들에게 먼저 연락해 보고 거절당했을 때만 김두찬을 찾았다.

그런데 이번엔 김두찬에게 먼저 연락을 했다.

어제 봤던 김두찬의 색다른 모습이 멋져 보였기 때문이다.

하지만 김두찬은 별로 밖에 나갈 마음이 아니었다. 그래서 거절하려다가 생각을 바꿨다.

'이러고 있는다고 답이 나오는 게 아니잖아. 재덕이는 맛집이란 맛집은 꽉 잡고 있기도 하고.'

혹시 '재덕이가 데려가는 맛집에서 음식을 먹고 뭔가 아이디어를 얻을 수도 있지 않을까?'라는 생각이 들었다.

"그래 나갈게, 어디로 갈까?"

─여기 어디냐면…….

결국 김두찬은 지푸라기라도 잡는 심정으로 집을 나섰다.

*　　　*　　　*

김두찬이 장재덕을 만난 곳은 상봉역이었다.

두찬이네 집 근처 정류장에서 상봉역까진 버스로 40분 정도 걸렸다.

"두찬아~ 아침 안 먹었지?"

장재덕이 김두찬을 반기며 물었다.

"응."

"열한 시니까… 영업하겠다. 가자."

"어디로 가는 건데?"

"그냥 따라와. 그나저나 한 방에 나와줘서 고맙다, 김두차이~!"

싱글벙글 속도 없이 웃는 장재덕의 머리 위에 뜬 호감도 수치가 87에서 90으로 올라갔다.

김두찬은 포인트를 체력에 투자하며 생각했다.

'진짜 재덕이도 마음 쉽게 여는구나. 이러다 오늘 호감도 100 찍겠는데?'

상황이 이렇게 되고 보니 재덕이의 가장 뛰어난 능력은 무엇인지 궁금해졌다.

"근데 두찬이 너 어제 진짜 멋지더라. 원래 예습 같은 거 잘해오는 타입이었어?"

"아니, 딱히 그런 건 아닌데… 그냥 질문이 운 좋게 알고 있는 부분이었어."

"오~ 그렇구나."

그때 김두찬은 문득 궁금한 게 생겼다.

학교에 입학했을 때 나를 본 학생들은 분명 뚱뚱하다고 생각했겠지. 재덕이도 마찬가지였을 테고. 이미 지난 일이 되었으니 그건 인식이 아닌 기억의 문제인데, 과연 그것도 변했을까?

"재덕아. 우리 강의실에 처음 왔던 날 있잖아."

"응? 그때 왜?"

"나 어땠는지 기억나?"

"너? 그냥… 조용했지 뭐."

"아니, 그런 거 말고 겉모습이나 그런 거."

"음… 옷은 좀 못 입는 것 같았어. 오늘은 어제랑 같은 거 입었네? 살짝 큰 감이 있는데 이 옷이 네가 입고 온 것 중에 제일 낫긴 해."

"뭐 돼지 같다거나 그렇지는 않았어? 엄청 뚱뚱하고 막."

"네 체형으로 무슨. 상철이 형 정도는 돼야지."

김상철은 같은 과 동기로 재수를 해서 나이는 한 살 많았다.

'이거 진짜 대단하네.'

리얼 시뮬레이션 게임 인생 역전은 사람들의 인식뿐만 아니라 기억까지 조작해 버렸다.

과연 그 한계가 어디까지인지 궁금할 지경이었다.

어느 후미진 뒷골목 같은 곳을 쑤시고 들어가니 큰 길이 나왔다.

그 길 한편에 조금 동떨어진 듯 놓인 알록달록한 건물을 장재덕이 가리켰다.

"다 왔다. 저기야."

식당의 이름은 하와이안.

"여기 BBQ 플레이트라는 메뉴가 그렇게 대박이래."

장재덕이 군침을 줄줄 흘리며 김두찬과 함께 안으로 들었다.

한데 갑자기 김두찬의 눈앞에 시스템 메시지가 떠올랐다.

[호감도를 524포인트 얻었습니다. 보너스 포인트를 분배해 주세요.]

'어라?'

식당 안으로 들어서던 김두찬은 그대로 굳어버렸다.

그런 김두찬을 장재덕이 이상하게 바라봤다.

"뭐해? 어서 앉자."

"어? 어어."

장재덕의 말에 정신을 차리고 비어 있는 테이블에 앉았다.

아직 이른 점심인데도 대부분의 테이블이 차 있었다. 맛집은 맛집인 모양이었다.

장재덕이 주문을 하는 동안 김두찬은 대체 왜 갑자기 호감도를 524포인트나 얻은 건지 고민했다.

그때 정미연에게서 전화가 왔다.

"여보세요?"

—정미연이에요.

"네, 알아요. 잘 지내셨어요?"

—헤어진 지 하루밖에 안 됐는데 무슨 안부까지.

"하, 하하. 그, 그렇네요."

—양해를 구할 일이 있어서 전화했어요.

"네, 네. 뭔데요?"

—사실 미리 양해를 구했어야 했는데 이미 저질러 놓고 전화했네요. 깜빡했어요. 미안해요.

"아니 뭐가 미안하시다는 건지……?"

—그쪽이 우리 사무실 와서 여자 친구분 스타일링해 주던 영상을 녹화해 놨었잖아요.

"그, 그랬죠."

—제가 별생각 없이 제 인터넷 방송국에서 재방송을 돌렸어요.

"네?"

—원래 시청자 수 유지하려고 가끔 재방송 틀거든요.

그제야 김두찬은 갑자기 들어온 보너스 포인트의 비밀을 알게 되었다.

'재방송을 본 시청자들의 호감도가 올라간 거구나!'

생각지도 못했던 부분에서 또 한 번 잭팟이 터졌다.

역시 인터넷의 힘은 위대했다.

―그래서 말인데, 이미 틀어버리긴 했지만 재방송 돌리는 거 양해해 주셨으면 해요. 그 여자분께도 말씀 잘 해주시면 더 좋구요. 그래도 동영상 자체를 업로드하거나 그러진 않아요.

"아, 아니오!"

―네? 안 된다구요?

"그게 아니라, 업로드하셔도 돼요."

―전 한 번도 동영상을 따로 업로드한 적은 없는데요.

"아, 그렇군요."

영상을 업로드하면 사람들의 호감도가 지속적으로 올라 대박일 텐데 조금 아쉬웠다.

―그 정도로 스타가 되고 싶어 하는 걸 보면 재방송 돌리는 건 상관없겠네요? 의외네. 부끄럼 많이 타는 타입인 줄 알았더니.

"아니, 그런 건 아니고요."

―아무튼 고마워요. 그럼 이만.

정미연은 늘 그렇듯 자신의 용무만 해결하고서 소통을 끊었다.

전화를 받는 사이 음료가 먼저 나왔다.

김두찬은 방금 받은 포인트를 어디에 투자하면 좋을지 상태창을 살폈다.

그에 로나가 말을 걸어왔다.

—포인트는 받은 즉시 사용할 필요는 없답니다.

'응? 아껴봤자 별 의미 없지 않나?'

—그냥 알려만 드린 거랍니다.

그렇게 말을 하니 갑자기 포인트에 투자하기가 꺼려졌다.

로나가 저렇게 나올 때는 무언가 이유가 있기 때문이다.

김두찬은 포인트를 잠시 아껴두기로 했다. 그런다고 어디 가는 것도 아니니까.

"누구랑 전화한 거야?"

"응? 아 그… 스타일리스트 일 하는 여자분인데."

"스타일리스트? 너 그런 사람도 알아? 어떻게 아는데? 전부터 친했어? 남자야? 여자? 몇 살인데?"

"그러니까 그게."

김두찬은 그제와 어제 있었던 일들을 간략하게 정리해서 장재덕에게 말해주었다.

버스에서 정미연이 소매치기 당할 뻔한 것을 막아줬고, 그 대가로 주로미를 스타일링해 주었다고.

"우와! 그래서 로미가 그렇게 변했던 거구나? 우와… 두찬아. 너… 조낸 멋있다."

장재덕이 경외의 시선으로 김두찬을 바라봤다.

동시에 그의 호감도가 90에서 100으로 올라갔다.

'호감도 100!'

[호감도를 10포인트 얻었습니다. 보너스 포인트를 분배해 주세요.]

　이어 장재덕의 머리에서 빛의 구슬이 흘러나와 김두찬의 몸에 흡수되었다.

　[상대방의 가장 뛰어난 능력을 익혔습니다. 보너스 스탯이 추가되었습니다.]

　김두찬은 얼른 상태창을 열어 새로운 스탯을 확인했다.

이름: 김두찬
성별: 남
키: 175.5㎝
몸무게: 75㎏
얼굴: 14/100(A)
몸매: 4/100(A)
체력: 3/100(E)
손재주: 0/100(B)
소매치기: 0/100(F)
기억력: 50/100(F)

요리: 0/100(F)

보너스 포인트: 534

'요리!'

장재덕에게서 얻게 된 그의 가장 뛰어난 능력은 다름 아닌 '요리'였다.

아울러 상태창 밑에는 쓰지 않고 놓아둔 보너스 포인트의 수치가 적혀 있었다.

―어머나? 보너스 포인트를 사용하지 않고 아껴두길 잘했네요.

로나가 살짝 아이를 어르는 듯한 말투로 얘기했다.

상관없었다.

지금 김두찬은 막막하기만 하던 퀘스트에 한 줄기 서광이 드는 기분을 만끽하는 중이었다.

"재덕아… 너 요리 좀 하니?"

"응? 좀 하는 건 모르겠고, 그냥 좋아해. 근데 내 요리 먹어 본 사람들은 다 맛있다고 했어. 울 엄마 닮아서 손맛이 있나 봐."

"그래?"

"아, 내가 말한 적 없었나? 사실은 내 꿈이 요리사가 되는 거거든. …그걸 대학 들어와서 한 달이 지난 시점에 깨달은 게 문제지만. 뭐 어때? 요리는 어디서든 할 수 있으니까 상관없어. 꾸준히 하다 보면 반드시 느니까!"

역시 장재덕다웠다.

적당히 맹하면서 적당히 낙천적이었다.

그리고 그런 장재덕이 지금 김두찬에게는 너무나 고마웠다.

"재덕아, 고맙다!"

김두찬이 장재덕의 손을 덥석 잡고 초롱초롱한 눈으로 그를 바라봤다.

"어? 어? 아니 난 그냥 밥만 사준 건데. 뭘 그렇게까지."

누군가에게 무언가를 사주고서 한 번도 이런 대접을 받지 못한 장재덕은 너무나 기쁜 마음에 뺨까지 붉게 물들었다.

그때 마침 종업원이 음식을 들고 왔다.

"주문하신 BBQ 플레이트랑 비프 팟 로스트 나왔습니……."

"아니야! 넌 나한테 세상에서 가장 큰 걸 줬어!"

김두찬이 격한 마음에 장재덕을 와락 끌어안았다.

이를 본 종업원의 머릿속에 익숙한 노래 한 구절이 맴돌았다.

'숨겨왔던 나~ 의~ ♬'

종업원은 후다닥 음식을 내려놓고 바람처럼 도망쳤다.

장재덕은 커다란 우드 플레이트 위에 올라온 갖가지 고기와 빵, 구운 야채, 수프, 샐러드를 열심히 입에 집어넣었다.

"와아, 진짜 소문대로 맛 끝내준다. 어때?"

"응? 응, 맛있네."

김두찬은 맛있다고 대답했지만 사실 그런 걸 느낄 겨를이 없었다.

'어쩌지? 포인트를 모두 요리에 투자해?'

현재 그에게 있어서 지상 최대의 과제는 무너져 가는 부모님 식당을 다시 일으켜 세우는 것이다.

하지만 그도 인간인지라 스스로의 몸을 더 가꾸고 싶은 욕

심도 있었다.

얼굴과 몸매는 랭크가 A인데도 포인트를 100까지 더 투자할 수 있다.

사실 따지고 보면 얼굴은 미남형이 됐지만 몸매는 아직 군살이 여기저기 많이 남은 상태였다.

혹시 A랭크보다 더 높은 랭크가 존재하는 건 아닌지 궁금해졌다.

─그거야 투자해 보면 알겠죠?

이상하게도 로나는 그 부분에 대해서는 정확히 대답을 해주지 않았다.

별거 아닌 문제라서 그런 건지, 뭔가 특별한 이유가 있기 때문인지는 알 수 없었다.

고민하던 김두찬은 결정을 내렸다.

'그래! 내가 지금 이 정도 변했으면 충분히 용 된 거 아니야? 이제 조금 천천히 가도 돼.'

사실 지금도 김두찬은 거울을 볼 때마다 깜짝깜짝 놀란다.

갑자기 변해 버린 스스로의 모습에 적응이 되지 않았기 때문이다.

마치 딴사람인 것 같은 이질감이 느껴졌다.

그런데 거울 속의 미남은 자신이 하는 행동을 똑같이 따라 한다.

분명히 그 훈남은 김두찬이 맞았다.

'적응할 기간도 필요하고 말이야. 500포인트는 요리! 나머지는 체력에 투자한다!'

김두찬이 포인트를 분배하자 시스템 메지시가 연속으로 떠올랐다.

[요리의 랭크가 E로 업그레이드됐습니다. 랭크 업 특전이 주어집니다. 절대 미각을 얻었습니다. 맛을 보는 것만으로 거기에 들어간 재료가 무엇인지 알게 됩니다.]

[요리의 랭크가 D로 업그레이드됐습니다. 랭크 업 특전이 주어집니다. 조리 도구 마스터리를 얻었습니다. 모든 조리 도구의 사용에 능숙해집니다.]

[요리의 랭크가 C로 업그레이드됐습니다. 랭크 업 특전이 주어집니다. 처음 먹어보는 재료의 정체를 파악할 수 있게 됩니다.]

[요리의 랭크가 B로 업그레이드됐습니다. 랭크 업 특전이 주어집니다. 후각만으로 식재료의 정체를 파악할 수 있게 됩니다.]

[요리의 랭크가 A로 업그레이드됐습니다. 랭크 업 특전이 주어집니다. 음식을 먹으면 레시피를 저절로 습득하게 됩니다.]

'초대박이다!'

요리의 랭크가 무려 다섯 단계나 뛰었다. 그러면서 주어진 특전들은 하나같이 어마어마했다.

절대 미각이 무엇인가?

엄청난 요리의 고수들, 혹은 타고난 미각을 자랑하는 이들만이 가지고 있는 감각이다.

게다가 냄새만으로 요리에 들어간 재료를 파악하는 절대 후각까지 생겼다.

그런데 더 놀라운 건 먹어보지 못했던 재료도 맛보고 냄새 맡는 것만으로 파악하게 되었다는 것이다.

마지막으로 거의 사기급 능력!

음식을 먹으면 그 레시피를 파악하게 된다.

'이거 정말이야?'

시야를 가득 메우고 있던 시스템 메시지가 차례로 사라졌다.

상태창의 요리 스탯은 0/100(F)에서 0/100(A)로 바뀌었다.

김두찬이 상태창을 지우고서 BBQ 플레이트와 함께 나온 처음 보는 요리를 포크로 찍었다.

'소고기다.'

일단 김두찬도 요리를 약간은 할 줄 아는 입장이었다.

그래서 고기의 종류는 먹지 않아도 구분할 수 있었다.

'이걸 먹으면 레시피를 알게 된단 말이지?'

김두찬이 떨리는 가슴을 진정시키며 고기를 입에 넣어 씹었다.

우물.

그 순간!

'······!'

김두찬의 머릿속에 양장된 두꺼운 책 한 권이 떠올랐다.

김두찬은 두 눈을 멀쩡히 뜬 상태로 머릿속에 등장한 환상을 보고 있었다.

책 표지가 넘어가자 아무것도 적혀 있지 않은 빈 페이지가 나타났다.

그곳에 요리의 레시피가 빠르게 적혀 나가기 시작했다.

[상봉역 하와이안의 비프 팟 로스트]

요리 등급: C+

재료: 소고기 목심 1㎏, 통조림 토마토 1캔, 비프 스톡 1개, 양파 2개, 당근 2개, 샐러리 2개, 다진 마늘 반 스푼, 로즈마리 1줄기, 타임 3줄기.

조리법

1. 소고기는 지방을 제거해 소금과 후추를 뿌린 뒤 냄비에 올리브유를 둘러 시어링해 준다.

2. 고기를 들어낸 냄비에 오일을 더 두르고 먹기 좋게 자른 양파를 숨이 죽을 정도로 굽는다.

3. 2에 고기와 큼직하게 썬 당근, 샐러리, 통조림 토마토, 다진 마늘, 비프 스톡 1개, 물 1컵, 로즈마리, 타임을 넣어준다.

4. 냄비 뚜껑을 닫고 324도로 예열된 오븐에 넣어 3시간 익힌

다. 오븐이 없을 경우 가스레인지에서 약한 불로 90분 정도 익히며 고기와 야채의 위치를 바꿔주다가 뚜껑을 덮은 뒤 한 시간 반 정도 더 끓여준다.

'헐.'

정말로 먹은 요리의 레시피를 습득했다.

아울러 비프 스톡이 소고기 육수를 내는 고형 가루라는 것과 로즈마리와 타임이 허브라는 것도 저절로 알 수 있었다. 처음 들어보는 식재료임에도 오래전부터 알고 있었던 것처럼 자연스럽게 인지되었다.

더 놀라운 건, 당장이라도 재료들이 있으면 비프 팟 로스트를 완벽하게 만들 수 있을 것 같다는 점이었다.

김두찬이 넋을 놓고 멍하니 있자 장재덕이 씩 웃으며 물었다.

"그렇게 맛있냐? 사주는 보람이 있다, 야."

김두찬은 대답 없이 이번엔 장재덕이 마음대로 시킨 오렌지에이드를 한 모금 죽 빨았다.

쪼옥. 꿀꺽!

그 순간 다시 머릿속 책자가 펼쳐졌다.

[상봉역 하와이안의 오렌지에이드]
요리 등급: C−

재료: 오렌지 과즙 2온스, 설탕 시럽(물, 설탕 1 : 1 비율) 1온스, 사이다, 얼음.

조리법

1. 스퀴저를 이용해 짜낸 오렌지 과즙 2온스와 설탕 시럽 1온스를 컵에 넣는다.

2. 1에 사이다를 취향에 맞게 넣어 잘 섞은 뒤 얼음을 넣어 마무리한다.

'뭐야? 엄청 간단하네?'

한 모금 먹었는데 상당히 맛있길래 무슨 특별한 비법이라도 있는 줄 알았다.

그런데 사이다라니!

김두찬은 어쩐지 허무하고 배신당한 기분이 들었다.

'그나저나 둘 다 요리 등급이 C−, C+네?'

겨우 C정도밖에 안 되는데도 사람들이 이렇게 몰려든다.

우선 이 정도의 요리도 충분히 맛은 있으니 목 좀 괜찮은 곳에 가게를 얻고 광고를 잘 하면 사람들이 몰리게 되는 모양이다.

물론 맛뿐만 아니라 분위기도 중요하다.

하와이안은 매장 안에 들어서자마자 이국에 온 것 같은 분위기에 취할 수 있게 잘 꾸며놓았다.

게다가 테이블 위에는 목에 걸 수 있는 꽃목걸이가 놓여 있어 셀카를 찍는 연인들 사이에 소소한 이벤트가 될 수 있었다.

"야야, 아무리 맛있어도 그렇지 그렇게 멍 때리면 얼마 못 먹는다, 너. 어서 먹어."

장재덕이 생각에 잠겨 있는 김두찬을 재촉했다.

그러자 김두찬이 장재덕에게 물었다.

"재덕아. 네가 알고 있는 최고의 맛집이 어디야?"

"그건 갑자기 왜?"

"거기 가자. 지금 당장."

Liking 9

이게 무슨 일이야?

김두찬과 장재덕은 상봉역 지하철역으로 들어섰다.

장재덕이 아는 최고의 맛집이 건대입구에 있었기 때문이다.

플랫폼에 서서 지하철을 기다리며 김두찬이 장재덕에게 물었다.

"건대입구에 뭐가 있는 건데?"

여기까지 오며 벌써 열 번이 넘게 똑같은 질문을 던졌다.

하지만 장재덕에게 돌아오는 대답은 한결같았다.

"가보면 알아."

평소에는 수다스러운 데다 할 얘기 안 할 얘기 분간 못 하고 내뱉는 사람이 장재덕이었다.

그런데 유독 맛집 관련해서는 서프라이즈 파티를 준비하는 사람처럼 입이 무거워졌다.

무엇을 먹으러 간다고 미리 말해주지 않고 꼭 데려가서 보여주려 했다.

'건대입구면 12분 정도 걸리니까 참자.'

어차피 상봉에서 엎어지면 코 닿을 거리였다.

마침 플랫폼에 지하철이 들어왔다.

평일인 데다 출퇴근 시간도 아니어서 지하철 내부는 많이 붐비지 않았다.

두 사람은 비어 있는 좌석에 앉았다.

열린 문이 닫히고 지하철이 다시 출발하려는 즈음.

[호감도를 20포인트 얻었습니다. 보너스 포인트를 분배해 주세요.]

생뚱맞은 시스템 메시지가 떴다.

'엥?'

이게 무슨 일인가 싶어 김두찬은 장재덕부터 쳐다봤다.

장재덕은 김두찬을 마주 바라보더니 하회탈처럼 웃으면서 엄지를 척 세웠다.

'이번에 가는 곳 기대해!'라는 의미였다.

'크흡!'

그 얼굴이 너무 우스꽝스러워서 겨우 웃음을 참은 김두찬이 장재덕의 호감도를 살폈다.

100 그대로였다.

'그렇지… 100이 최대치인데 더 올라갈 리가 없지. 그럼 왜… 혹시 또 인튜브 라이브에서?'

그렇게 짐작해 봤으나 인튜브 라이브에서 김두찬의 호감도가 올라갈 만한 부분은 한 구간밖에 없었다.

정미연이 김두찬을 칭찬하며 추켜세워 주는 부분이다.

'그럼 뭐지?'

의아해하던 김두찬은 어쩐지 얼굴이 따가운 것 같은 느낌에 정면을 바라봤다.

그러자 맞은편 의자에 앉아 있던 여인이 자연스럽게 시선을 옆으로 돌렸다.

단발머리에 캐주얼한 옷을 입은 제법 귀염성 있는 여인이었다.

나이는 김두찬과 비슷한 또래로 보였다.

그녀는 김두찬에게 신경도 쓰지 않는다는 듯 귀에 이어폰을 꽂고서 음악을 감상했다.

한데 그녀의 머리 위에 떠 있는 호감도는 20이었다.

김두찬은 그녀가 누군지 알지 못한다. 오늘 생전 처음 보는 사람이었다.

그런데 그런 사람의 호감도가 20이란다.

'이, 이게 무슨 일이야? 날 호감으로 봐준 거야? 비호감이 아니라?'

갑자기 몰려오는 감격에 김두찬의 심장이 두근거리며 뛰었다.

여태껏 태어나서 단 한 번도 처음 보는 낯선 사람들에게 고운 시선을 받아본 적 없었다.

대부분이 김두찬을 좀 꺼려 하는 눈치였다.

그럴 바엔 차라리 무관심한 게 낫다고 생각할 정도였다.

그런데 처음 본 여인이 김두찬의 첫인상을 '제법 괜찮은 남자'로 판단해 호감을 보였다.

물론 첫인상이 좋다고 해서 호감도가 20이나 올라가는 경우는 거의 없었다.

보통은 5에서 10 정도가 올라간다.

한데 20이나 포인트를 얻었던 건 김두찬을 바라본 여인이 워낙 금사빠의 성향을 가지고 있었기 때문이었다.

'이거 진짜 꿈 아니지?'

이런 상황은 김두찬에게는 꿈만 같은 일이었다.

영화나 드라마, 소설, 게임 속에서만 벌어지는 가상의 상황이었다.

그런데 그것이 실제로 일어났다.

머리부터 발끝까지 저릿저릿거리며 한 번도 겪어보지 못했던 희열이 일었다. 동시에 조금 낯설었다. 하지만 기분 좋은 낯섦이었다.

저도 모르게 샐쭉 미소 짓고 있는 걸 장재덕이 보더니 옆구리를 쿡 찔렀다.

"그렇게 좋냐?"

"어? 뭐, 뭐가?"

"최고의 맛집으로 데려가 준다니까 입이 귀에 걸리네, 걸려."

장재덕이 헛다리를 짚었다.

그러거나 말거나 김두찬은 마냥 좋았다.

"아… 근데 요새 부쩍 뱃살이 붙는 것 같아."

장재덕은 자신의 뱃살을 손으로 움켜쥐며 흔들었다.

"아무리 먹어도 살 안 찌는 방법은 운동하는 것밖에 없겠지?"

"그, 그렇겠지?"

"너는 좋겠다. 나도 딱 너 정도 몸매만 됐음 소원이 없겠는데."

장재덕이 김두찬을 훑어보며 부러워했다.

예전이었다면 절대 듣지 못했을 얘기였다.

"운동을 진짜 해야 하나… 무슨 운동이 좋을까, 두찬아."

"음… 글쎄."

"아! 너 예전에 합기도 배웠다 그랬었지?"

"응. 한 반년 정도."

김두찬은 중학교 시절 합기도를 잠깐 배웠었다.

호신술을 익히기보다는 살을 빼기 위해서였다. 하지만 살은 도통 빠지지 않았고 결국 1년을 다니다 열정이 사라져 그만두고 말았었다.

"그거 어때? 재밌어?"

"음… 뭐 외워야 할 게 좀 많아."

"몸만 쓰면 되는 거 아니야? 뭘 외워?"

"각 띠마다 익혀야 하는 형 같은 게 있고, 호신술 종류도 엄청 많은 데다가 갖가지 무기들 사용하는 것도 알려주거든. 그리고 낙법도 여러 종류가 있어."

"으아. 보통 일이 아니구나. 에효, 근데 두찬이 너는 호신술 때문에 합기도 배웠던 거니까 나랑은 입장이 다르겠다."

"어?"

"응? 뭐가?"

"내가 호신술 때문에 합기도를 배웠다고?"

"응. 네가 그랬었잖아."

이상했다.

전에 이런 대화를 분명히 나눴었고, 김두찬은 장재덕에게 살을 빼려고 배웠다 대답했었다.

그런데 장재덕은 전혀 기억하지 못하고 있었다.

"나 살 빼려고 합기도 다녔던 건데."

"뭔 소리야. 호신술 때문에 다녔다고 했는데. 내가 분명히 기억해."

하지만 김두찬도 분명히 기억한다.

자신은 뚱뚱했고 살을 빼기 위해 합기도에 다녔기 때문이다.

'이거… 재덕이의 기억이 조작된 거야?'

그때 로나의 목소리가 들려왔다.

―그럼요. 시간이라는 건 현재와 과거, 미래가 서로 다른 게 아니랍니다. 전부 연장선상에 있는 거예요. 두찬 님의 현재가 바뀌면 과거와 미래가 바뀌게 되어 있어요.

'그럼 이게 지금 어떻게 된 거야?'

―애초부터 살이 쪘던 두찬 님은 존재치 않았던 거예요. 살이 쪄서 벌어졌던 과거의 대화나 사건들은 전부 사라지거나 다른 기억으로 대체된답니다.

그 얘기를 듣고 난 김두찬이 김승진에게 문자를 보냈다.

―**아빠, 바빠요?**

―**응, 바쁘다. 왜?**

바쁘다면서 칼답장이 왔다. 분명 어제처럼 식당에 파리만 날리는 것이리라.

―**아버지 폰에 제 어릴 적 사진 있죠? 하나만 보내주세요.**

김승진은 스마트폰에다 자식들의 어릴 적 사진을 넣어놓고 다닌다.

김승진 본인이 앨범을 뒤져 직접 찍은 사진들이었다.

곧 김승진이 사진을 보내왔다.

김두찬은 얼른 스마트폰을 열어 사진을 확인했다.

배경을 보니 낡은 시골 집 담벼락이 보이는 게 대략 그가 열 살 정도 되던 무렵 찍었던 사진인 것 같았다.

한데 사진을 살펴보던 김두찬의 눈이 휘둥그레졌다.

'말도 안 돼.'

사진 속 김두찬의 모습은 그가 기억하는 뚱땡이가 아니었다.

딱 그 나이 무렵의 준수한 아이들의 모습이었다.

이미 말도 안 되는 일이 여러 번 일어났지만 겪을 때마다 놀라운 건 어쩔 수 없었다.

김두찬이 김승진에게 다시 문자를 보냈다.

—아빠, 나 저때 친구 별로 없었죠?

—그랬지. 워낙에 사교성이 없어서. 그거야 나이 먹고도 똑같잖냐?

'이렇게 되는 거구나.'

김두찬이 저 무렵에 외모 때문에 왕따를 당했다는 건 부모님도 알고 있는 사실이었다.

그 때문에 툭하면 여동생과 합심해서 김두찬의 살찐 몸을 비꼬며 자극하곤 했다.

그런데 지금 김승진은 김두찬이 단지 사교성이 없어서 외톨이였다고 기억하고 있었다.

모순되어야 할 부분들이 너무나도 부드럽게 풀려 나가고

있었다.

'좋아, 좋아. 다 잘 흘러가고 있어. 내가 계속 발전하면 내 흑역사도 사라지는 거야. 모두의 기억 속에서 안여돼 김두찬이 완전히 사라지는 거야!'

속으로 결의를 다지는 사이 지하철은 다음 역에 도착했다.

푸쉬이이—

바람 빠지는 소리와 함께 문이 열렸다.

그런데 열린 문 너머로 미간이 절로 찌푸려지는 욕설이 날아들어 왔다.

"씨발, 존나 늦게 오네."

사람들의 시선이 일순 한 곳으로 쏠렸다.

교복을 입은 남학생 셋과 여학생 두 명이 건들거리며 지하철에 오르는 게 보였다.

"아, 뭘 쳐다보고들 그래. 기분 엿 같은데."

방금 욕을 했던 남학생 정광수가 다 들리게 혼잣말을 내뱉고서 바닥에 침을 탁 뱉었다.

전철 문이 다시 닫혔고, 멈췄던 지하철이 움직였다.

다섯 명의 학생들이 내부를 쭉 둘러봤다.

사람이 많지 않아 드문드문 자리가 있긴 했는데, 다섯이 함께 앉을 자리가 없었다.

그러자 일행 중 가장 덩치가 좋은 남학생 김상호가 할아버지 한 분과 여성 한 명이 거리를 조금 벌리고 앉아 있는 의자로 다가갔다.

그러고는 할아버지에게 유들거리며 말했다.

"할배. 자리 좀 비켜주지?"

"뭐야?"

할아버지의 미간에 그어져 있던 세로줄이 더욱 진해졌다.

"귓구멍 막혔어요? 다른 데 가서 앉으라고요."

김상호의 목소리가 커지자 장재덕이 바로 자는 척을 했다.

"드르렁~!"

반면 김두찬은 그 학생들을 보며 부들부들 떨고 있었다.

그들은 중, 고등학교 학창 시절 자신을 괴롭혔던 부류의 인간들과 아주 똑같았다.

"이노옴! 어른한테 무슨 말버릇이야!"

"아 진짜, 꼰대가 명줄 단축하고 계시네!"

김두찬은 무서웠다.

자신도 장재덕처럼 그냥 모른 채 잠자는 척이나 할까 싶었다. 하지만 할아버지를 보고 있자니 그럴 수도 없었다.

다른 승객들도 선뜻 나서지 못하고 김두찬처럼 그저 상황을 지켜보기만 할 뿐이었다.

'어, 어떻게 해야 하지?'

고민하던 김두찬의 눈앞에 갑자기 선택지가 떴다.

[지하철 안에서 할아버지에게 시비를 거는 고딩들! 난 고딩들

이 겁나지만 할아버지를 그냥 두는 것도 마음이 편하지는 않다.
어떻게 할 것인가?]

　1. 고딩을 말린다.(+50포인트)

　2. 모르는 척 조용히 간다.

　'허어.'

　이건 상당히 고민되는 선택지였다.

　고딩을 말리자니 자신은 힘이 없고, 모르는 척하자니 할아
버지가 걱정된다.

　제한 시간은 계속 흘러가는데 결정을 선뜻 내릴 수가 없었
다.

　한데 그 와중에 1번 선택지 옆 괄호 속 내용이 신경 쓰였다.

　김두찬의 의문을 캐치한 로나가 자연스레 설명을 해줬다.

　─지문 그대로 1번을 선택하면 50포인트를 보너스로 준다
는 얘기랍니다.

　'어째서?'

　─각 선택지 중 유난히 리스크가 큰 선택지는 보너스 포인
트가 뜨는 경우도 있어요. 항상 그렇지는 않답니다. 아울러
주어지는 보너스 포인트 역시 랜덤이랍니다.

　보너스 포인트 50.

　게임에 접속한 초반이었다면 상당히 탐이 났겠지만 지금은
그 정도까지는 아니었다.

무엇보다 50포인트가 탐이 나서 해결할 수도 없는 바닥에 발을 들이는 건 바보짓이었다.

김두찬은 결국 2번을 선택하려 했다.

그런데.

[랜덤으로 선택지를 정합니다. 당신은 1번을 선택했습니다. 보너스 포인트 50을 받았습니다.]

'아니야!'

로나의 설명을 듣는 동안 카운트다운이 종료됐다.

결국 랜덤으로 선택지를 정하게 됐고, 1번을 택하는 불상사가 터졌다.

김두찬의 몸이 그의 의지와 상관없이 저절로 움직였다.

자리에서 벌떡 일어난 김두찬이 고딩들에게 저벅저벅 다가갔다. 실눈을 뜨고 이를 본 장재덕은 더 필사적으로 자는 척을 했다.

"드르렁! 쿨!"

장재덕의 발 연기를 뒤로 하고 고딩들 무리로 끼어든 김두찬이 할아버지 앞에 서서 말했다.

"저기 학생들… 정도가 좀 심한 것 같은데 이쯤에서 그만했으면 해요."

딱 여기까지가 김두찬의 의지를 벗어난 행동이었다.

이후부터는 김두찬이 알아서 해결해 나가야 한다.

"뭐야? 이 새끼."

"뭔데 끼어드세요? 대딩이세요?"

"와~ 근데 오빠, 얼굴은 좀 반반하다?"

"오빠~ 그냥 짜져 있어요. 깝치다가 반반한 얼굴에 스크래치 나요."

고딩들이 저마다 한마디씩 내뱉었다.

김두찬의 눈이 빠르게 그들의 얼굴을 스캔했다.

역시나 잘 놀게 생겼다.

김두찬은 도무지 이 학생들의 눈을 제대로 바라볼 용기가 나지 않았다. 학창 시절의 트라우마가 그의 목을 졸라왔다.

숨이 턱턱 막히고 어지러웠다.

손발이 저릿저릿 거렸고, 머릿속이 하얘졌다.

하지만 이미 나선 이상 되돌릴 수 없는 상황이었다.

"뭐야? 정의의 사도처럼 나서더니 쫄았네."

"하하, 병신."

"오빠, 그러다 지리겠어요."

'어, 어떻게 해야 하지? 누, 누가 좀 도와주세요.'

김두찬이 이러지도 저러지도 못하고서 바들바들 떨고 있을 때, 누군가는 이 영상을 몰래 녹화하는 중이었다.

그 사람은 이미 고딩들이 할아버지를 핍박할 때부터 스마트폰으로 촬영을 하고 있었다.

지금 스마트폰 액정에는 고딩들에게 둘러싸인 김두찬의 모습이 담겼다.

"분위기 개 잡고서 튀나왔으면 뭘 해보세요. 네?"

팍!

정광수가 김두찬의 가슴팍을 쳤다.

"윽!"

김두찬이 뒤로 살짝 물러났다.

그런데 이상했다. 그렇게 크게 아프지 않았다.

몸매가 좋아지며 몸에 붙은 근육이 충격을 완화해 주고 있는 것이었다.

김두찬이 어리둥절해서 멍을 때리고 있자니 그걸 쫄았다고 생각한 정광수가 기세등등해져 다시 가슴팍을 때렸다.

팍!

"해보라고. 어? 해보라고. 해보라고, 병신아. 해보라고. 해보라고 씨발."

팍팍팍팍!

정광수가 계속해서 김두찬의 가슴팍을 밀어젖혔다.

김두찬은 그걸 몸으로 그냥 받아내며 뒤로 주춤주춤 물러났다.

'아프지 않아.'

연달아 얻어맞았는데도 큰 충격이 오지 않았다.

상대방은 제법 힘을 실어 두들기는 중인데도 전혀 아프지 않으니 김두찬을 사로잡고 있던 공포가 서서히 옅어지고 있었다.

"왜 나섰는데, 병신아. 왜? 왜 나서?"

꽉꽉꽉꽉!

정광수의 손에 점점 더 힘이 들어갔다.

김두찬이 그런 정광수의 손을 바라보다가 저도 모르게 휙 낚아챘다.

"어쭈? 이거 안 놔?"

그때였다.

'…어?'

잡고 있는 정광수의 손에 또 다른 손이 겹쳐 보였다. 그것은 환상이었다. 김두찬의 머릿속에 있던 기억의 잔재가 환상처럼 나타난 것이다.

환상 속의 손은 정광수의 손목을 꺾어 단숨에 그를 제압하고서는 사라졌다.

'손목수!'

그건 김두찬이 합기도에서 배웠던 호신술 108가지 손목수 중 하나였다.

합기도를 1년만 다니고 그만둔 다음엔 거들떠보지도 않았다.

그래서 당시의 기억이 다 잊혔을 터였다.

그런데 지금 아스라이 기억이 살아났다.

기억력에 투자한 포인트 덕분이었다.

"놔!"

정광수가 김두찬에게 잡혀 있던 팔을 뿌리쳤다.

김두찬은 그런 정광수를 보며 다시 한번 손목수를 떠올리려 노력했다.

하지만 잘 떠오르지가 않았다.

그에 김두찬은 저장해 두었던 70의 포인트 중 50을 기억해 투자했다.

'이렇게 하면 기억이 생생하게 떠오를지도 몰라!'

아울러 남은 20을 체력에 투자했다.

손목수 기술을 기억해 내도 상대방을 제압할 힘이 없으면 무용지물이기 때문이다.

김두찬의 눈앞에 상태창이 뜨며 그 아래로 시스템 메시지들이 나타났다가 사라졌다.

이름: 김두찬

성별: 남

키: 175.5㎝

몸무게: 75㎏

얼굴: 14/100(A)

몸매: 4/100(A)

체력: 57/100(E)

손재주: 0/100(B)

소매치기: 0/100(F)

기억력: 0/100(E)

요리: 0/100(A)

[기억력의 랭크가 E로 업그레이드됐습니다. 랭크 업 특전이 주어집니다. 5년 전까지의 기억들 중 잊혔던 부분의 50%가 떠오릅니다.]

'됐어!'

김두찬이 합기도를 배운 건 중학교 2학년 때다.

5년 전이면 겨우 세이브 되는 시점이었다. 게다가 잊힌 기억의 50%를 되살려 준다면 108가지의 손목수 중 반은 떠올릴 수 있다는 것이다.

아울러 1년간 합기도를 배우면서 손목수를 수도 없이 반복하며 익혀왔다.

어느 정도는 몸이 그 감각을 기억하고 있었다.

합기도에서 가장 중요시하는 것이 호신술이다!

호신술이란 자기보다 강한 상대에게서 몸의 안전을 도모하기 위한 기술이다. 때문에 상대적으로 나보다 힘이 세고 덩치가 큰 상대를 제압할 수 있도록 구성된다.

'우선 한 명만, 한 명만 제압하면 돼!'

일단 이 흐름과 공기, 분위기를 바꿔야 했다.

그러려면 지금 가장 설치는 정광수를 어떻게든 제압해야 했다.

나비의 날갯짓이 태풍이 되는 법이다.

정광수를 제압하면 다른 승객들도 용기를 얻지 않을까 하고 김두찬은 생각했다.

'기술을 어떻게 사용하는지만 제대로 떠오르면 상대를 무너뜨릴 수 있어!'

그때였다.

정광수가 이번엔 때려눕힐 요량인지 한 손으로 김두찬의 멱을 잡고 다른 손은 주먹을 쥐었다.

녀석이 주먹을 막 휘두르려는 찰나!

'기억난다!'

김두찬의 머릿속에 이런 상황에 써먹을 수 있는 손목수 하나가 떠올랐다.

기억을 따라 손이 움직였다. 명확해진 기억이 몸이 익히고 있던 것을 토해낸 것이다. 아울러 B랭크의 손재주가 버프를 주었다. 그의 두 손이 뱀처럼 출수되더니 자신의 멱을 쥔 정광수의 손목을 휘어 감았다.

그러고는 정광수가 멱을 틀어쥔 방향으로 가볍게 꺾었다.

"악!"

방심하고 얕잡아보다가 아무런 대비도 없이 손목이 꺾인 정광수가 고통에 비명을 지르는 찰나 이번엔 팔이 통째로 꺾였다.

"으악!"

두 번째 비명을 질렀을 땐 어찌 된 영문인지 자신의 목이 김두찬의 다리 사이에 끼어 있었다. 수치스럽기 그지없는 자세였지만 뒤로 꺾인 팔 때문에 몸을 움직일 수가 없었다.

'돼… 됐어!'

김두찬은 1년 동안 배워놓고도 단 한 번 써먹었던 적 없는 합기도 기술이 들어가자 온몸에 전율이 돋는 걸 느꼈다.

하지만 아직 완벽한 건 아니었다.

마무리 단계가 남아 있었다.

'확실히 끝내려면 여기서 후두부를 강타!'

뻐억!

김두찬의 주먹이 정광수의 후두부를 가격했다.

"억!"

정광수가 힘도 못 쓰고 그대로 뻗어 파르르 떨었다. 그 꼴이 파리채에 얻어맞은 날파리 같았다.

"이, 씨바알……!"

정광수가 고통에 얼굴을 일그러뜨렸다.

순간 주변의 기운이 차갑게 식었다.

전혀 예상 못 했던 상황 전개에 나머지 고딩들이 얼어붙었다.

'내, 내가… 이겼어?'

여태껏 싸움을 해서 누군가를 이겨본 적이 없었다.

아니, 싸움 자체를 해본 일이 없었다. 일방적으로 얻어맞기만 했던 것이 김두찬의 일상이었다.

그랬던 김두찬이 지금 양아치 고딩을 깔끔하게 제압해 버린 것이다.

하지만 기절을 한 것은 아니었다.

"크으… 이런, 씨바알……."

쓰러진 정광수가 몸을 일으켰다가 비틀거리며 뒤로 물러섰다.

그러자 어지간한 성인보다 더한 덩치를 자랑하는 김상호가 목을 좌우로 꺾으며 나섰다.

"이런 씨발, 굼벵이도 구르는 재주가 있으시네?"

온몸이 근육질인 김상호가 다가오자 잠시 잠깐 승리감에 도취되어 있던 김두찬의 눈에 다시 공포감이 어렸다.

'헉!'

아무리 합기도 기술의 반을 되찾았다고 해도 근복적으로 저 덩치는 어찌할 수 있는 레벨을 벗어난 존재였다.

"이번엔 나랑 놀자, 새끼야."

김상호가 김두찬의 머리채를 잡아끌려 할 때였다.

"거 너무하네, 어린 사람들이!"

여태 상황을 지켜보던 어르신 한 명이 벌떡 일어나 소리쳤다.

"아저씨는 빠져요."

김상호는 기도 죽지 않고 대들었다.

그러자 기차 안에 있던 승객들이 너도나도 일어서며 김상호 일당에게 다가왔다.

"해도 해도 너무하는 거 아니야? 응?"

"거 적당히 해, 적당히! 보자 보자 하니까 말이야!"

"학생들 콩밥 한번 먹고 싶어! 내 동생이 경찰이야!"

갑자기 모든 승객들이 김상호 일당을 밀어붙였다. 그러자 안하무인격이었던 김상호의 얼굴에도 당황이 어렸다.

"크윽!"

정광수도 김상호와 별반 다를 게 없는 얼굴이었다. 나머지 고딩들도 똑같았다.

승객들이 합심해서 밀어붙이니 어찌할 도리가 없었다.

그때 전철이 정차하며 문이 열렸다.

"야, 내리자!"

김상호가 더는 못 버티겠는지 패거리와 함께 도망치듯 전철 에서 내렸다.

김상호 패거리가 사라지고 전철 문이 다시 닫혔다.

그제야 김두찬은 안도의 한숨을 내쉬었다.

'흐아아. 진짜 큰일날 뻔했어!'

김두찬이 가슴을 쓸어내리며 후들거리는 다리를 억지로 움 직여서 장재덕의 옆에 앉았다.

그때였다.

[호감도를 158포인트 얻었습니다. 보너스 포인트를 분배해 주세요.]

'어?'

김두찬이 놀라서 주변을 살폈다.

지하철 안의 승객들이 하나같이 김두찬을 미소 가득한 얼굴로 바라보고 있었다.

그들의 머리 위에 있는 호감도는 전부 최소 10 이상 올라간 상태였다.

"거 젊은 양반이 아주 용감하네."

"그러게나 말예요. 우리 아들도 저렇게 멋지게 커야 할 텐데."

"에이, 그래도 위험했어. 요즘 세상이 얼마나 흉흉한데? 괜히 나섰다가 본전도 못 찾는 경우가 얼마나 많다고."

"그건 그래요. 저 청년 보고 용기내서 다 같이 움직였기에 망정이지……."

사람들이 전부 한마디씩을 주고받았다.

이를 듣고 있던 김두찬의 등골이 오싹해졌다.

그의 귀엔 지금 청찬보다도 위험했다는 말이 더 현실적으로 다가왔다.

만약 그 상황에서 아무도 나서지 않았다면 김두찬은 지금쯤 피떡이 되어 바닥에 뻗어 있었을 것이다.

"야, 두찬아. 너 진짜 장난 아니다."

김두찬을 바라보는 장재덕의 눈에는 존경심이 가득 담겨 있었다.

하지만 지금 김두찬에게는 그런 장재덕의 시선이 전혀 들어오지 않았다.

그저 무사히 상황이 끝났다는 안도감에 정신이 멍했다.

그렇게 정신없어 하는 사이 지하철은 건대입구에 도착했다.

"어? 다 왔다. 내리자, 두찬아."

장재덕의 말에 김두찬은 퍼뜩 정신을 차리고서 지하철을 나섰다.

그런 그의 뒤에서 김두찬의 활약상을 봤던 사람들의 환호성 소리가 들려왔다.

"멋있었어요, 청년!"

"오빠, 조심해서 들어가요!"

김두찬은 자신을 향해 호감을 보이며 따뜻한 말을 건네는 사람들의 반응이 낯설고 어색했다.

하지만 싫진 않았다.

김두찬이 어색하게 허리를 숙여 웃어 보이며 얼른 그 자리를 벗어났다.

'대체 이게 무슨 일이야?'

정말이지 이게 무슨 일인지 모를 만큼 어안이 벙벙한 12분이었다.

＊　　　　＊　　　　＊

김두찬과 장재덕이 내린 지하철 안.

검은색 긴 생머리의 아름다운 여인이 스마트폰으로 무언가를 보고 있었다.

그것은 조금 전 지하철에서 일어났던 소동을 녹화한 영상이었다.

고딩들이 할아버지에게 시비를 거는 시점부터 김두찬이 정광수를 때려눕히고, 사람들이 일제히 봉기하는 장면까지 녹화되어 있었다.

영상을 다 본 여인의 입가에 잔잔한 미소가 어렸다.

'보면 볼수록 재미있네.'

다시 한번 영상을 재생하는 여인은 다름 아닌 태평예술대학 퀸카, 예지우였다.

'근데… 원래 좀 나서는 스타일인가? 진짜로 착한 거야, 아니면 주목받는 걸 즐기는 거야? 궁금하네.'

예지우의 머리 위에 떠 있는 호감도 수치는 20이었다.

Liking 10

부모님의 능력

장재덕이 김두찬을 데리고 온 곳은 사람들로 바글거리는 닭칼국수와 부대찌개 전문점이었다.

　　한 40분 웨이팅을 한 후에야 겨우 테이블에 앉게 된 김두찬이 메뉴판을 보며 혼잣말을 흘렸다.

　　"특이하네. 닭칼국수집에서 부대찌개를 같이 하고."

　　"그게 이 집의 매력이지!"

　　장재덕이 얼른 김두찬의 말에 끼어들었다.

　　"근데 난 네가 조금 더 특별한 곳에 데려올 줄 알았어."

　　"특별한 곳? 뭐 레스토랑 이런 데?"

　　"아니, 굳이 그렇게 비싼 곳은 아니더라도……."

"네가 뭘 몰라서 그래. 괜히 비싸고 고급진 곳보다, 이렇게 아무나 와서 편하게 먹어도 맛있는 곳이 진짜 맛집이야."

듣고 보니 일리 있는 말이었다.

"그렇구나. 그럼 뭘 먹어야 돼? 닭칼국수? 부대찌개?"

물어보며 다른 테이블을 둘러보니 닭칼국수를 먹는 사람 반, 부대찌개를 먹는 사람 반이었다.

"여긴 뭘 먹어도 베스트야."

"그럼 둘 다 먹어보자."

"엥? 다 먹겠어?"

김두찬이 당연하다는 듯 고개를 끄덕였다.

그에 장재덕이 아차, 하며 배시시 웃었다.

"맞다, 너 대식가였지. 앉은 자리에서 5인분은 기본으로 먹어치웠잖아."

"응… 그렇지."

"그런 거 보면 참 신기해."

"뭐가?"

"그렇게 먹어대면서 어떻게 그 몸매를 유지해?"

"…어?"

순간 김두찬은 무언가로 뒤통수를 크게 맞는 것 같은 충격을 받았다.

'맞아… 나 진짜 엄청 먹었었지.'

스스로가 얼마나 많이 먹는지에 대해서는 김두찬은 충분히 인지하고 있었다. 하지만 이를 애써 외면하려 했다.

대신 합기도를 다니거나 헬스장을 전전하며 운동을 해나갔다.

하지만 먹는 양이 워낙 압도적이니 일주일에 하루 한두 시간 운동으로는 도저히 살이 빠지지 않았다.

게다가 운동을 하고 나면 허기가 져서 평소보다 더 먹었다.

그러니 살이 빠질 리가 없었다.

한데 지금까지 김두찬은 자신이 먹는 양 같은 건 애써 모른 체하고서 운동을 해도 살이 빠지지 않는 체질이라고만 생각을 해왔다.

갑자기 스스로가 너무나도 부끄러워졌다.

더불어 한 가지 걱정이 슬며시 치고 올라왔다.

'그럼 이거… 내가 많이 먹어버리면 다시 몸매가 망가지는 거야?'

그에 대한 대답은 로나가 해줬다.

─아니오. 게임에 접속한 이후부터 김두찬 님의 모든 상태는 오로지 수치로만 조정할 수 있답니다. 평소처럼 먹고 운동을 안 해도 살이 찌지 않으니 걱정하지 마세요. 단, 운동을 해도 몸이 좋아지지 않는다는 것 역시 알아두시길 바랍니다.

'그런 거구나.'

리얼 시뮬레이션 게임 인생 역전에 대한 한 가지 정보를 더 알게 되었다.

즉 김두찬은 초지일관 타인의 호감도만 올리기 위해서 노력하면 되는 것이다.

장재덕은 닭칼국수 2인분과 부대찌개 2인분을 주문했다.

얼마 지나지 않아 반찬과 주문한 음식이 놓여졌다.

닭칼국수와 부대찌개 둘 다 휴대용 버너 위에서 끓여야 하기에 테이블이 좁았다.

김두찬은 닭칼국수부터 한 입 삼켰다.

'맛있다!'

확실히 맛이 있었다. 하지만 지금까지 먹어봤던 다른 닭칼국수보다 월등히 뛰어난 건 아니었다.

그의 머릿속 레시피 북이 열리더니 닭칼국수의 조리법이 주르륵 적혔다.

이 식당의 닭칼국수 음식 레벨은 C+였다.

'음. 레벨도 보통 수준이야.'

좀 전에 갔던 하와이안도 그렇고 여기도 그렇고 음식의 레벨이 그렇게 높지 않은데 사람들이 북적였다.

즉 식당이라는 건 음식만 맛있게 한다고 해서 다가 아닌 모양이었다.

'이번엔 부대찌개.'

김두찬이 부대찌개를 한 숟갈 떠먹었다.

그러자 부대찌개의 조리법이 레시피 북에 주르륵 적혔다.

[건대입구 닭 세 마리의 부대찌개]

요리 등급: B+

재료: 슈가달 프랑크 소시지 2개, 양념 한 소고기 다짐육(다진 소고기 200, 간장 1스푼, 설탕, 다진 마늘, 참기름 1작은술, 후추 약간)200g……

조리법

1. 냄비에 찬물을 넉넉히 붓고 닭 육수 재료들을 전부 넣어 1시간 끓인다.

…….

김두찬은 레시피를 주르륵 읽었다.

요리에 들어가는 재료는 그렇게 특이한 게 없었다.

조리법도 간단했다.

하지만 무엇보다 김두찬의 눈에 확 들어온 건 바로 요리의 등급이었다.

'B+다!'

지금까지 봤던 모든 요리들 중 가장 등급이 높았다.

사실 레시피 북에도 적혀 있듯이 조리법에 이렇다 할 특이점은 없었다.

육수를 닭고기 육수로 낸다는 것 말고는 일반적인 부대찌개를 끓이는 것과 똑같았다.

그냥 모든 재료들을 육수와 함께 때려 넣고 끓이다가 라면 사리를 넣으면 끝.

아주 간단했다.

그럼에도 등급이 높다는 건 확실히 맛이 있다는 얘기다.

장재덕과 김두찬은 닭칼국수와 부대찌개를 게 눈 감추듯 해치웠다.

부른 배를 어루만지며 식당을 나오면서 김두찬은 생각했다.

'이거야. 부대찌개다!'

부대찌개는 한 끼 식사도 되지만 술안주로도 그만이다.

게다가 크게 유행을 타지 않으며 남녀노소에게 무난히 먹힌다.

해서 김두찬은 부모님의 식당을 살리기 위한 메뉴를 부대찌개로 정했다.

물론 평범한 부대찌개로 승부를 봐서는 안 된다.

다른 집과 차별화된 전략이 필요했다.

그것을 김두찬은 칼국수 사리로 정했다.

닭 세 마리 집에서 먹었던 닭칼국수의 국수는 어디에서도 맛보지 못한 쫄깃함을 자랑했다.

사실 육수의 맛보다 국수의 쫄깃함에 끌려오는 사람들이 더 많을 법할 정도로 말이다.

어떻게 반죽해야 그런 탄력을 끌어낼 수 있는지.

그것이 닭 세 마리 식당의 비밀이었다.

한데 김두찬은 칼국수를 씹는 순간 그 비밀을 전부 알 수 있었다.

반죽에 들어가는 재료들과 배합 비율, 얼마나 치대야 하며, 얼마나 숙성시켜야 하는지, 며느리도 모르는 일인전승의 식당 비밀을 전부 알아냈다.

'부대찌개에 라면 사리만 넣으라는 법 있어? 우리 집은 칼국수 사리다.'

닭 세 마리 집의 부대찌개는 닭 육수를 써서 여타의 부대찌개 집과 국물의 풍미와 시원함의 깊이가 달랐다.

그 육수에 쫄깃쫄깃 탄력 있는 칼국수를 사리로 넣어 먹으면 그야말로 금상첨화일 것이다.

아울러 김두찬은 이 식당이 잘되는 또 다른 이유를 알아냈다.

사람들은 무심코 지나칠 수 있지만 닭 세 마리 식당의 단골을 꾸준히 늘려주는 결정적인 비밀이 더 있었다.

그것을 포함해, 식당에서 서비스할 신메뉴의 레시피가 김두찬의 머릿속에서 새로이 그려지기 시작했다.

그러자 새로운 퀘스트 관련 시스템 메시지가 나타났다.

[퀘스트: 위기에 처한 부모님의 식당을 살리세요. 위기도 70/100]

'어!'

퀘스트의 위기도가 90에서 70으로 하락했다.

'왜 20이나 수치가 줄어든 거야?'

이런 류의 질문에 대답할 수 있는 건 역시 로나밖에 없었다.

―김두찬 님께서 선택한 메뉴가 충분히 먹힐 가능성이 있기 때문이랍니다. 세상 모든 일들은 인과의 법칙을 따른답니다. 김두찬 님이 아무것도 하지 않았거나 딱히 도움 되지 않는 메뉴를 택했다면 위기도가 올라갔을 거예요.

가뜩이나 재기 불능이 되어버린 식당이다.

그런데 그런 식당에서 새로운 메뉴로 도전을 한다는 것 자체가 힘든 일이다.

때문에 확실하게 먹히지 않을 메뉴를 김두찬이 선택했을 경우 위기도가 올라가는 건 당연한 일이었다.

―단, 이 경우 아무것도 하지 않으면 위기도가 바로 상승했겠지만, 도움 되지 않는 메뉴를 택했을 땐 그 메뉴로 도전을 한 이후 위기도가 상승한답니다.

위기도가 90인데 거기서 더 올라가면 그냥 망한다.

하지만 다행스럽게도 위기도는 70으로 줄었다.

김두찬이 제대로 된 메뉴를 선택해 상황이 긍정적으로 흘러가고 있었다.

식당을 나와 지하철역으로 향하면서 김두찬은 장재덕에게 고마움을 표했다.

"정말 잘 먹었어, 재덕아. 덕분에 막막했던 일도 조금 뚫렸어."

"응? 에이, 그냥 밥 좀 사준 것 가지고 오바는. 그리고 닭 세 마리에서는 네가 냈잖아."

말은 그렇게 하면서도 장재덕은 기쁘게 웃었다.

"이제 뭐 할 거야? 남자끼리 영화나 한 편 때릴까? 아님 액티브하게 노래방?"

"아, 미안. 오늘은 그만 들어가 봐야 할 것 같아, 재덕아."

"응? 무슨 일 있어?"

"자세히 말하기는 조금 그런데 조금 복잡한⋯ 집안일이라서."

"그래? 그럼 가야지. 내일 학교에서 보자, 두찬아!"

"어, 그래! 오늘 고마웠다!"

김두찬은 장재덕과 작별을 하고 당장 부모님의 식당으로 향했다.

식당에 도착하니 오후 세 시가 조금 넘어 있었다.

"응? 왜 또 왔어, 장남?"

"두찬이 왔니?"

홀에 나와 있던 부모님이 두찬이를 보고 고개를 갸웃거렸다.

식당 사정은 어제보다 아주 조금 나았다.

테이블 하나에 남자 손님 둘이 마주 앉아 식사를 하고 있었다.

그런데 무테안경을 쓴 20대 중반 정도 되어 보이는 남자가 스마트폰을 확인하더니 숟가락을 놓아버렸다.

"야야. 성일이랑 재환이 먹자골목 왔대. 한잔하자는데?"

"응? 오늘은 저녁 먹고 바로 들어갈라 그랬는데. 생활비도 간당간당해."

"네 건 내가 내줄게."

"그래? 그럼 밥 먹고 간다그래."

그러자 돈을 내준다던 남자가 목소리를 낮췄다.

"그냥 일어나. 이런 걸로 배 채워서 뭐해. 맛있는 안주에다 한잔하는 게 낫지."

"그럼 그럴까?"

그 소리가 테이블을 지나가는 김두찬의 귀에는 들렸다.

김두찬이 저도 모르게 아랫입술을 깨물었다.

"여기 계산이요~!"

두 청년은 계산을 하고 식당을 나섰다.

음식은 아직 반이나 남아 있었다.

만약 음식이 맛있었다면 다 먹고 나갔을 것이다. 하지만 이 식당의 음식은 그럴 만한 가치가 없다고 그들은 판단했다.

심현미는 테이블을 치웠다.

자신이 만든 음식이 한참 남았음에도 씁쓸함은 보이지 않았다. 이미 이런 경우에는 무덤덤해진 것이다.

그건 정말 위험한 일이었다.

'이대로는 안 돼!'

김두찬이 주방으로 들어간 심현미를 끌고 나와 김승진의 옆에 앉혔다. 그리고 김두찬은 그들의 맞은편에 앉았다.

"엄마 설거지해야 하는데 왜 이래?"

"우리 장남이 왜 유난을 떨까?"

김승진의 눈썹이 씰룩인다.

"아버지, 어머니 드릴 말씀이 있어요."

"용돈 필요하냐?"

눈썹을 또다시 씰룩.

"그런 게 아니고요. 우리 식당 말예요. 그… 메뉴를 싹 바꿔 보면 어때요?"

"어허, 식당 일은 네가 관여하지 말라니까."

"딱 봐도 곧 망하게 생겼는데 어떻게 관여를 안 해요? 저도 이제 성인이에요. 크고 작은 집안일들에 대해 알아야 할 필요 가 있다고요."

김두찬이 한숨에 말을 늘어놓자 김승진이 놀라 심현미에게 물었다.

"쟤 원래 저렇게 말을 잘했어?"

"내가 먼저 물어보려고 했어요."

김두찬은 집에서도 말이 별로 없고 조용한 편이었다.

그런데 인생 역전에 접속한 이후부터는 모든 것이 게임이라는 인식 때문인지 전보다 말이 더 잘 나왔다.

"그래. 네 말대로 식당 운영이 힘들다고 치자. 그리고 그걸 네가 알았다고 하자. 그래서 나아지는 게 뭐가 있겠어? 한 사람 한숨만 더 느는 거지."

"한숨 대신 해결책을 들고 왔다면요?"

김두찬이 자신 있게 물었다.

하지만 그의 부모님은 김두찬의 얘기를 믿으려 하지 않았다.

"아서라. 그렇게 쉽게 건들 문제가 아니다."

"판단은 제가 하는 얘기 한번 들어보시고 하는 게 어떨까요?"

"아유, 얘기 할 것도 없어~"

"엄마, 저 진지하게 말씀 드리는 거예요."

"네가 끼어들 일이 아니라니……."

그때였다.

"여보, 한번 들어보자고."

김승진이 갑자기 진지한 어조로 말했다.

"네?"

"이 녀석이 언제 저렇게 진지한 눈으로 얘기한 적 있었어? 그러니까 한번 들어나 보자고."

김승진이 팔짱을 척 끼고서 자신의 아들을 응시했다.

"그래, 네 말대로 식당이 조금 어렵다. 아니, 많이 어렵지.

이제는 막다른 길에 왔다고 봐도 과언이 아니고. 그래서 더더욱 새로운 메뉴로 승부를 보는 게 힘든 상황이다. 물론 어떻게든 도전하려고 한다면 할 수야 있겠지. 실패할 경우, 빚쟁이로 전락할 각오를 한다면 말이다."

어차피 식당은 망해가고 있다.

한데 거기서 새로운 메뉴로 업종을 바꿔 도전했다가 실패하면 더욱 크게, 더 빨리 망하게 된다.

김두찬도 그것을 잘 알고 있다.

하지만 이건 도전해 볼 가치가 있는 메뉴였다.

문제는 그런 뛰어난 메뉴의 레시피를 어떻게 알아왔느냐 하는 것이었다.

사실대로 말할 수는 없었고, 어설프게 둘러댔다가는 괜한 의혹만 살 터였다.

김두찬이 고만할 때 눈앞에 선택지가 떴다.

[겨우 마음의 문을 열고 진지하게 내 얘기를 들어주려 하는 부모님. 여기서 난 어떻게 할 것인가?]

1. 무작정 레시피를 알려준다.

2. 거짓말을 조금 보탠다.

선택지의 제한 시간은 10초!

이미 두 가지의 선택지가 뜬 이상 다른 선택은 할 수가 없었다.

둘 중 베스트를 택해야 한다.

'무작정 요리의 레시피를 알려 드렸다가는 콧방귀나 뀌시지 않을까?'

조금 불안한 선택지였다.

그렇다고 2번을 택하자니 어떤 거짓말을 보태게 될지 도통 알 수가 없었다.

어찌해야 하나 망설이던 김두찬이 도박을 걸었다.

'2번! 제발 예쁘게 움직여라, 내 입아.'

2번을 선택하자 김두찬의 입이 제멋대로 나불거리기 시작했다.

"실은 제 친구 중에 부모님이 식당 하시는 애가 있어요."

"우리도 식당 하잖니?"

심현미의 반문에 김두찬이 손사래를 쳤다.

"거기는 맛집이에요."

아들의 냉철한 일침에 심현미는 뒤통수를 한 대 얻어맞은 얼굴이 되어 굳었다.

그러자 김승진이 긴장했다.

자식들에게 받은 스트레스는 모두 남편에게 푸는 것이 자신의 아내였기 때문이다.

"친구 부모님 식당이 맛집인 거랑 지금 이 상황이랑 연결지어 보자면, 네가 그 맛집 레시피를 알아 오기라도 했다는 거냐?"

김승진이 얼른 말을 돌렸다.

그 질문에는 심현미도 관심이 동했다.

두 사람이 혹시나 하는 시선을 김두찬에게 던졌다.

"워낙 자신만만하신 분들이라 레시피는 늘 오픈해요. 레시피 알아도 경험이 없으면 같은 맛내기 힘들 거라고 했는데, 해보지 않으면 모르는 거잖아요?"

"그건… 그렇지."

"이왕 알아온 레시피 그냥 버리실 거예요?"

김두찬은 멋대로 움직이는 혓바닥에 감탄하고 있었다.

김승진과 심현미는 김두찬의 물음에 똑같이 고개를 절레절레 저었다.

지금 두 사람은 속으로 똑같은 생각을 하고 있었다.

'우리 아들이 저렇게 말을 잘했나?'

두 사람의 머리 위에 뜬 호감도 수치가 70에서 75로 올랐다.

[호감도를 10포인트 얻었습니다. 보너스 포인트를 분배해 주세요.]

[퀘스트: 위기에 처한 부모님의 식당을 살리세요. 위기도 60/100]

*   *   *

알아온 레시피를 설명해 주는 것까지는 좋았다.

그런데 그 요리를 김두찬이 하겠다고 하니 황당했다.

심현미는 그런 김두찬을 말리려 했지만, 김승진이 한번 해 보라며 주방을 내주었다.

그래도 아버지는 생애 처음 용기를 내서 진지한 자세로 가족의 문제에 임하는 아들을 믿어주기로 했다.

주방을 뒤져보니 요리를 하는 데 필요한 재료는 대부분 있었다.

'시작하자.'

김두찬의 몸이 분주하게 움직였다.

그는 눈 깜짝할 새 큰 냄비에다가 육수거리들을 넣고 불 위에 올렸다.

그리고 부대찌개에 들어가는 각종 야채와 햄, 소시지들을 칼로 썰었다.

타다다다다다닥!

조리 도구 마스터리가 발동되며 랭크 B의 손재주가 버프를 줬다. 칼을 잡은 그의 손이 바람처럼 움직였다.

이를 지켜보고 있던 김승진과 심현미의 눈이 휘둥그레졌다.

두 사람이 소곤소곤 귓속말을 나눴다.

"여보… 쟤 왜 저렇게 능숙해요?"

"칼은 당신보다 더 잘 다루는 것 같은데?"

두 사람의 호감도가 75에서 다시 80으로 뛰었다. 누가 부부 아니랄까 봐 오르는 호감도의 수치가 똑같았다.

김두찬은 오늘 하루 동안 부모에게서 얻은 포인트 20을 사용하지 않고 저장해 둔 채 계속 요리에 몰두했다.

한 시간 반 정도 지났을 때 김두찬이 재해석한 부대찌개가 완성됐다.

기존의 닭 세 마리 부대찌개에서 베이스를 가져왔지만 결과물의 맛은 확연하게 달랐다.

닭 세 마리 부대찌개는 첫맛은 좋지만 계속 먹다 보면 조금 느끼해지는 면이 없잖아 있었다.

그에 양념 베이스와 육수 레시피를 바꿔 부족한 부분을 채웠고, 들어가는 재료들도 상당 부분 바꿨다.

한 가지 더, 심현미표 손만두와 김치가 들어갔다는 게 가장 큰 포인트였다.

다른 건 몰라도 심현미가 김치는 제법 잘 담근다. 그걸로 만든 김치만두 역시 제법 맛있다.

그런데 김치찌개만 끓이면 영 평범한 수준이 되어버리니 이상한 일이었다.

그러나 김두찬이 만든 부대찌개는 심현미표 김치와 만두에 최적화된 육수를 자랑했다.

"드셔보세요."

김두찬은 보글보글 끓는 부대찌개를 부모님 앞에 내왔다.

제법 그럴듯한 비주얼에 김승진이 의외라는 시선으로 숟가락을 들었다. 그러고는 국물맛을 보더니 입이 쩍 벌어졌다.

"…애가 셰프네."

"당신도 참, 오버는."

"당신보다 나은데?"

"나보다 나을 리가 있어요? 내가 주부 구단인데!"

자존심에 상처를 입은 심현미가 얼른 국물맛을 보더니 눈을 홉떴다.

"나보다 낫네요."

두 사람의 시선이 김두찬에게 향했다.

"거기서 끝이 아니에요. 일단 드시고 계세요."

김두찬은 육수를 올리고, 부대찌개 재료를 썰어낸 다음 바로 면 반죽을 해 냉장고에 넣어뒀었다.

그것을 꺼내 얇게 펴 밀가루를 뿌리고 세 겹으로 접은 뒤 칼로 썰어내니, 훌륭한 칼국수 사리가 되었다.

김두찬이 그새 반 정도 사라진 부대찌개에 사리를 투하했다.

그리고 칼국수가 완전히 익은 뒤 부모님에게 맛보기를 권했다.

김승진과 심현미의 수저가 바쁘게 움직였다.

"후루룩! 캬아!"

"호로록. 어머나!"

두 사람은 생전 이렇게 쫄깃하고 고소한 면을 먹어본 적이 없었다. 게다가 칼국수 사리로 인해 살짝 걸쭉하고 찐해진 국물도 별미였다.

마지막에 이 국물에 밥까지 볶아 먹는다면 그야말로 부러울 게 없을 듯했다.

물론 그것까지 김두찬의 계획 안에 들어 있었다.

한데 한 가지 더, 손님들의 발걸음이 끊이지 않게 할 비장의 무기가 있었다.

닭 세 마리에서 벤치마킹해 온 그것은 바로.

"이 부대찌개에 갓 지은 냄비 밥이 나온다면 어떨까요?"

냄비 밥이었다.

사실 별게 아닐 수도 있었다.

하지만 냄비 밥을 내오는 곳이 은근히 드물었다.

그렇게 대단히 특별한 건 없지만, 그래도 손님들의 발길을 한 번 더 유혹하는 것이 바로 이 냄비 밥이 될 수 있었다.

"그렇게만 나오면 난 매일 여기 온다."

김승진이 엄지를 척 세웠다.

심현미도 고개를 마구 끄덕였다.

김두찬은 거기에 한 가지 아이디어를 더 얹었다.

"육수 내고 남은 닭고기 아깝잖아요. 그걸 고춧가루로 양념해서 밑반찬으로 조금씩 내놓으면 어때요?"

"브라보!"

김승진이 자리를 박차고 일어나 박수를 쳤다.

'이건 된다! 이건 확실하다! 기사회생의 한수다!'라는 확신이 가슴 속에서 용솟음쳤다. 그의 눈썹이 마구 씰룩였다.

심현미가 김두찬의 손을 덥썩 잡았다.

"아들! 이게 정말 이 손에서 만들어진 음식 맞아? 응?"

"그럼요."

"대체 언제 이런 실력을 쌓은 거야?"

"그냥 레시피에 충실했을 뿐이에요."

"아무리 충실해도 그렇지. 거참, 귀신이 곡할 노릇이네."

서로 한마디씩 주고받은 부모님의 머리 위의 수치가 나란히 10씩 올라 90이 되었다.

아울러 시스템 메시지가 나타났다.

[호감도를 20포인트 얻었습니다. 보너스 포인트를 분배해 주세요.]

[퀘스트: 위기에 처한 부모님의 식당을 살리세요. 위기도 50/100]

호감도는 20포인트 얻었고 퀘스트의 위기도가 10 감소했다.

'됐어! 인과의 법칙이 위기도를 낮추고 있어!'

김두찬이 쐐기 골을 넣기 위해 박차를 가했다.

"그럼 이 메뉴로 다시 한번 시작해 보시는 거죠?"

"암! 이거면 얼마든지 도전해 볼 만하지!"

"끼니도 때울 수 있고, 술안주도 되고. 남녀노소 전부 좋아하잖아요."

"그렇다고 일반적인 부대찌개랑 똑같은 것도 아니야. 쫄깃쫄깃한 칼국수 사리를 넣잖아."

"사리만 특별한 줄 알아요? 내가 담근 김치랑 직접 빚은 김치만두가 맛을 확 살려준다니까요."

"냄비 밥 아이디어도 기가 막혀."

"육수 빼고 남은 닭고기 무쳐서 반찬으로 내놓는 것두요!"

부모님의 마음 속에서 이 메뉴로 도전해 보자는 의지가 가득했다.

[퀘스트: 위기에 처한 부모님의 식당을 살리세요. 위기도 30/100]

'우왓! 이번엔 20이나 줄었어!'

위기를 해결해야 할 당사자들이 의지를 일으키니 위기도가 빠르게 감소했다.

그만큼 김두찬이 아이디어를 낸 메뉴는 확실히 먹힌다는 뜻이었다.

일단 만들어 팔기만 하면 무조건 잘될 수 있는 요리였다.

―아직 안심하긴 일러요. 제가 얘기했었죠? 위기도가 0이

라는 것은 위험에서 벗어났다는 것뿐이라고요. 즉 급한 불을 끈 것밖에 되지 않아요. 위기도를 다 깎아서 부대찌개를 판다고 해도 마케팅이 허술하거나 그 맛을 제대로 살리지 못할 경우 다시 위기에 빠질 수 있는 게 요식업이니까요. 여러 면에서 신경을 써야 한답니다. 아차 하면 두찬 님께서 해왔던 노력이 허사가 되고, 위기도는 90 이상을 찍게 될 거예요.

'그건 걱정하지 마.'

두 분 다 게으른 분들은 아니다.

다만 너무나 오래도록 짓눌려온 패배감에 잠시 위축되어 있었던 것뿐이다.

두 사람이 얼마나 열심히 가족을 위해 일해왔는지 김두찬은 잘 안다.

김승진은 게으름을 피우지 않을 테고, 심현미는 김두찬이 건네준 레시피에 충실할 게 분명했다.

"그럼 우리 기존의 메뉴는 전부 갈아버리고 이 신메뉴로 완전히 새롭게 시작해 보는 건 어떻겠어?"

김승진이 묻자 심현미가 고개를 끄덕였다.

"그거 좋죠!"

"음… 그럼 식당 이름도 바꿔야 할 것 같은데."

현재 부부가 운영하는 식당의 이름은 엄마손 한식이었다.

부대찌개를 팔기엔 부적절하다.

두 사람이 고민에 빠져 있을 때, 김두찬이 아이디어를 냈다.

"닭고기 반찬이 나오고 닭 육수로 만든 부대찌개를 파니까 부대찌개닭! 어때요?"

"……!"

"……!"

두 사람의 눈이 번쩍 뜨였다.

"그거다!"

"그거야, 두찬아!"

[퀘스트: 위기에 처한 부모님의 식당을 살리세요. 위기도 20/100]

[호감도를 20포인트 얻었습니다. 보너스 포인트를 분배해 주세요.]

'어?'

놀란 김두찬이 부모님의 머리 위를 바라봤다.

함박웃음을 짓고 있는 두 사람의 머리 위에 뜬 호감도는 나란히 100이었다.

'호감도 100!'

김두찬이 속으로 쾌재를 불렀다.

이윽고 두 사람의 정수리에서 솟구친 빛이 김두찬에게 흡수되었다.

그리고 새로운 능력을 확인하기 위해 상태창을 열었다.

'이게 뭐야?'

상태창을 확인한 김두찬은 살짝 당황스러웠다.

이름: 김두찬

성별: 남

키: 175.5㎝

몸무게: 75㎏

얼굴: 14/100(A)

몸매: 4/100(A)

체력: 57/100(E)

손재주: 0/100(B)

소매치기: 0/100(F)

기억력: 0/100(E)

요리: 0/100(A)

불취(不醉): 0/100(F)

아재 개그: 0/100(F)

보너스 포인트: 218

부모님에게서 익힌 새로운 능력 두 가지는 불취와 아재 개
그였다.

불취는 한자 그대로 해석해 보면 취하지 않는다는 뜻이었
다. 그게 의미하는 건 여러 가지가 있겠으나 이 경우에 떠올

릴 수 있는 건 하나뿐이었다.

'술!'

그리고 술에 취하지 않는다는 걸 의미한다면, 그 능력은 심현미 쪽에서 온 게 확실했다.

심현미는 여리여리한 겉모습과 달리 대단한 주당이었다.

김승진은 단 한 번도 자신의 아내가 취하는 걸 본 적이 없었다.

김승진도 소주 두 병 정도는 마시지만 심현미는 한계를 몰랐다. 취해서 못 먹는 게 아니라 배가 불러 못 마실 정도다.

두 사람이 연애하던 시절, 김승진은 심현미와 재미로 술내기를 벌인 적이 있었다.

그 결과 김승진은 필름이 끊겼고 다음 날, 모텔에서 벌거벗은 채 심현미와 함께 아침을 맞은 자신을 발견했다.

심현미는 아주 만족스러운 얼굴로 곤잠을 자고 있었다.

다음부터 김승진은 절대 심현미 앞에서 술의 시옷 자도 꺼내지 않았다.

아무튼 김승진도 어느 정도 술을 하고, 심현미는 만주불취지체(萬酒不醉之體)의 몸이었으나 이상하게 김두찬은 알코올을 입에 대지도 못했다.

처음 대학 OT 자리에 참여했을 때 자기소개와 함께 소주 한 잔을 넘기는 신고식이 있었다.

그 정도 신고식이야 별것 아니었기에 모두가 기분 좋게 자

기소개를 마쳤고, 곧 구석 자리에 앉아 있던 김두찬의 차례가
왔다.

김두찬은 덜덜 떨며 자기소개를 마치고 술을 한 잔 넘겼는
데, 그 순간 눈이 핑 돌더니 게거품을 물고 기절했다.

그날의 일은 가뜩이나 첫인상이 별로였던 김두찬을 완벽한
찐따에 비호감, 민폐남으로 자리 잡게 만들었다.

지금 생각해도 이불 킥을 할 만큼 안 좋은 기억이다.

때문에 김두찬에게는 불취라는 능력이 나쁘지 않았다.

한데 문제는 '아재 개그'라는 능력이었다.

불취가 심현미에게서 온 능력이니 개그는 김승진에게서 온
능력일 터였다.

그런데 김두찬은 단 한 번도 김승진이 개그하는 걸 본 적이
없었다.

본래 남에게서 익히게 되는 능력은 그 사람이 가지고 있는
능력 중 가장 뛰어난 것이라고 로나는 말했다.

그럼 김승진의 모든 능력 중 가장 나은 것이 아재 개그라는
얘긴데, 김두찬이 본 김승진은 개그는 고사하고 유머 감각이
다 말라죽은 것 같은 건조한 사람이었다.

그런데 왜 이런 능력이 생긴 것일까?

의문은 의문대로 해답이 나오질 않는데 이 능력을 어떻게
써먹어야 할지도 고민이었다.

'모든 게 미궁으로 빠져버리는 기분이야.'

김두찬이 속으로 한숨을 푹 내쉬고 있을 때였다.

—친절한 로나의 도움이 필요한 순간이네요.

로나가 불쑥 말을 걸어왔다.

'도움? 무슨 도움?'

—방금 두찬 님은 아버지한테 필요 없는 능력을 받으셨죠?

'음… 응. 아무리 봐도 아재 개그라는 건 당장 나한테 필요할 것 같지가 않아.'

사실 없는 것보다는 나을 수도 있었다.

그러나 더 좋은 능력을 기대했던 김두찬이었기에 상대적 박탈감이 컸다.

하지만 인생 역전은 김두찬이 아직도 많은 비밀이 숨겨진 게임이었다.

—그럼 이쯤에서 또 다른 기능에 대해 설명해 드릴게요.

'또 다른 기능이라니?'

김두찬이 로나와 대화를 나누는 동안 심현미는 주방으로 들어가 요리 방법을 복습했고, 김승진은 남은 부대찌개를 해치우기 바빴다.

—리얼 시뮬레이션 게임 인생 역전에서는 플레이어가 쓸데없는 능력을 얻었을 때, 그것을 쓸모 있는 무언가로 바꿀 수가 있답니다.

'어떻게?'

—없애고 싶은 능력을 파기하면 된답니다.

'파기하라고?'

—파기하는 방법도 간단해요. 파기할 능력을 떠올린 다음 파기하고 싶다는 생각만으로 얼마든지 파기 오케이. 단, 한 번 파기한 능력은 두 번 다시 익힐 수 없으니 신중히 선택하세요.

말인즉, 다른 사람의 호감도가 100이 되어 능력을 얻었는데 그것이 이미 한 번 파기했던 능력과 같은 것이라면 익힐 수 없게 된다는 것이다.

'무슨 얘긴지 알았어. 근데 능력을 파기하면 그게 쓸모 있는 무언가가 된다 그랬잖아? 그게 뭔데?'

—그거야 파기를 해보면 알겠죠?

김두찬은 개그라는 능력치를 떠올렸다. 그리고 그것을 파기하기를 원했다.

그러자 상태창에서 개그라는 능력이 사라졌다.

이윽고 상태창 밑에 '핵: 1'이라는 새로운 항목이 추가됐다.

'핵? 이게 뭐야?'

—능력치를 파기하면 핵이라는 걸 얻게 된답니다. 핵은 두 찬 님의 능력 중 하나의 등급을 1분 동안 1단계 올려주는 아이템이랍니다. 만약 핵을 기억력에 사용할 경우 1분 동안 기억력의 등급이 E에서 D로 올라간다는 거죠.

'그렇구나!'

한마디로 김두찬의 능력에 일시적인 버프를 주는 아이템인

셈이었다.

만약 지속 시간이 터무니없이 짧다면 능력과 교환한 게 아까웠을 테지만 1분이라면 나쁘지 않았다.

잘만 활용하면 생각지도 못한 위기의 순간을 잘 넘길 수 있을지도 모른다.

'좋아, 이건 아껴둬야겠어.'

김두찬이 핵에 대한 설명을 전부 듣고 났을 즈, 심현미가 다가왔다.

"두찬아. 레시피 좀 자세히 알려줄래?"

"끄억~! 아, 잘 먹었다! 그래, 얼른 배워서 이거 한 냄비 더 끓여와 봐요."

마침 부대찌개를 깨끗이 비운 김승진이 배를 두들기며 말했다.

그럼 김승진의 눈썹이 또 들썩였다.

그런 김승진을 지켜보던 심현미가 얄밉다는 듯 쏘아붙였다.

"도와줄 생각은 안 하고 그게 할 말이에요? 그리고 그 눈썹 좀 가만 놔둬요! 입을 막았더니 눈썹이 난리네."

여태껏 심현미는 자식들 있는 자리에서 남편을 크게 타박한 적이 없었다.

어린 자식들이 자라는 데 좋지 않은 영향을 끼칠 수 있지 않을까 싶었기 때문이다.

그런데 이제는 두찬이도 어른이라 생각했는지, 대놓고 타박을 했다.

심현미의 얘기를 듣고 난 김두찬이 의아해하며 물었다.

"입을 막았더니 눈썹이 난리라는 게 무슨 얘기예요?"

"응? 아, 그거. 네 아빠 젊었을 때는 입만 열면 농담 따먹기에, 썰렁한 개그를 무지하게 쏟아냈었거든. 어찌나 사람 질리는지 한 번 크게 면박 줬더니, 그 담부턴 농담이 나올라고 하면 참더라. 대신 그때마다 눈썹이 들썩거리는 게 아니겠니?"

"아……."

그제야 김두찬은 아버지의 눈썹이 들썩였던 이유와, 개그라는 능력을 얻게 된 이유를 알 수 있었다.

"아무튼 엄마 좀 도와줘."

"알았어요."

김승진은 그날, 저녁 장사를 접고 셔터를 내렸다.

식당 안에서는 김두찬에게 레시피를 넘겨받은 심현미의 새 메뉴에 대한 연구와 연습이 계속되었다.

김두찬과 김승진은 그런 심현미를 물심양면으로 도와줬다.

그날 늦은 밤.

심현미가 드디어 신메뉴를 완벽히 익혔을 때, 김승진은 당장 내일 가게 간판부터 새로 주문하고 내부 디자인도 조금 바꿀 것이라 선언했다.

그 광경을 뿌듯하게 바라보는 김두찬의 눈앞에 시스템 메시지가 떠올랐다.

　[퀘스트: 위기에 처한 부모님의 식당을 살리세요. 위기도 0/100]
　[퀘스트를 완료했습니다. 보너스 포인트 20이 지급됩니다.]

　그리고 그의 오른손 등 위의 하트 한 조각이 더 붉게 물들었다.

Liking 11
인튜브 스타

5월 4일, 목요일.

오늘 첫 강의는 10시 10분부터였다.

"헉!"

아침에 눈을 뜬 김두찬은 시간을 확인하고 벌떡 일어나 화장실로 달려갔다.

어제 이것저것 신경을 너무 쓰는 바람에 정신적으로 피곤했던 모양이었다. 그렇지 않고서야 알람도 듣지 못하고 줄곧 잠에 빠져 있지는 않았을 것이다.

"으으, 아홉 시라니!"

양치를 대충 마치고 얼굴엔 물질만 했다. 머리는 감지 않을

수가 없어서 1분 만에 샴푸질에 세척까지 끝냈다.

젖은 머리를 말릴 여유도 없이 어제 입었던 옷을 그대로 입고 나오니 거실에서 식사를 하던 심현미가 김두찬을 불렀다.

"멋쟁이 아들~ 어서 와서 밥 먹으렴."

심현미의 음성이 전에 없이 간드러졌다. 김두찬을 바라보는 시선엔 애정이 가득했다.

테이블에서 함께 밥을 먹던 김두리의 얼굴이 마구 일그러졌다.

"어, 엄마… 어디 아파? 갑자기 왜 그래?"

그런데 이상한 건 심현미뿐만이 아니었다.

"우리 장남, 빨리 와 앉아 먹어라. 잘생긴 얼굴 하룻밤 못 봤더니 벌써부터 궁금하다."

김두리가 못 참고서 헛구역질을 했다.

"우웩! 아빠는 또 왜 그래? 둘 다 꿈 잘 못 꿨어? 김두찬이 어디가 미남이야?"

"두리야. 오빠한테 김두찬이 뭐야, 김두찬이?"

"이 녀석이, 오냐오냐 키웠더니만 버르장머리가 없어요."

"헐."

평소와 달라도 너무 다른 부모님의 언행에 김두리는 패닉에 빠졌다.

그러거나 말거나 부모님은 김두찬만 챙기느라 바빴다.

"두찬아, 밥 먹으라니까?"

"엄마! 저 오늘 왜 안 깨우셨어요?"

"아들 어제 고생했잖아. 곤히 더 자라고 안 깨웠지."

"지각이라고요!"

"하루 정도 지각 좀 하면 어떠니~ 이리 와서 갈비찜 좀 먹어봐. 엄마가 너 주려고 새벽부터 일어나서 한 거야."

"그래, 두찬아. 아주 야들야들한 게 맛이 기가 막힌다. 육개장도 끓였어, 네 엄마가."

갈비찜과 육개장!

둘 다 김두찬이 환장하는 메뉴였다.

입에서 침샘이 터지고 눈동자가 마구 떨렸다.

겉모습은 미남으로 바뀌었지만 속까지 바뀐 건 아니었다.

식탐의 제왕 김두찬은 어디 가지 않았다.

'그냥 지각 좀 하고 저걸 먹어버릴까?' 하는 생각이 머릿속을 지배하고 있었다.

'안 돼!'

어떻게 해서 들어간 대학곤데 강의에 소홀할 순 없었다.

김두찬의 꿈은 유명한 작가가 되는 것이다. 어떤 분야든 상관없었다. 때문에 여러 강의를 놓치지 말고 들어야 했다.

"저, 그냥 갈게요! 너무 늦었어요!"

"맛있는 게 이렇게 많은데 정말 안 먹을 거니?"

"두리 많이 먹으라 그래요! 두리도 갈비찜 눈 돌아가잖아요."

"정말 나 다 먹어, 오빠?"

갈비 하나 양보했다고 김두찬이 오빠로 승격했다.

김두찬이 젖은 머리를 여전히 말리지도 못한 채 허겁지겁 운동화를 신었다.

그런 김두찬에게 김승진이 다가와 만 원짜리 열 장을 건네줬다.

"이거 네 엄마가 주라고 하더라."

"어? 왜요?"

심현미가 빙그레 미소 지으며 말했다.

"옷 좀 사, 아들. 너무 퍼지게 입으면 매력 없어."

"그렇지. 우리 장남이 워낙 미남이니까 옷만 좀 잘 입고 다니면 끝내주지, 암."

김두리는 이제 이게 꿈이 아닌가 싶을 정도였다.

"대체 어디가 잘생겼다는 거야?"

김두리가 김두찬을 아래위로 훑어봤다.

김두찬은 운동화를 신으며 김두리에게 물었다.

"그런데 넌 학교 안 가?"

"개교기념일이야. 그리고 아빠! 나도 용돈 줘! 살 거 있단 말이야!"

"가정에 도움이 되는 일을 하고 용돈을 바라거라."

김두리가 한숨을 푹 쉬었다.

그걸 본 김두찬이 만 원짜리 세 장을 빼서 김승진의 손에

도로 쥐어 주었다.

"이건 두리 줘요~ 너무 많이 주셨어요. 그럼 학교 다녀올게요!"

김두찬이 급하게 현관을 나섰다.

그런 김두찬의 뒷모습을 보고 있던 김두리가 눈을 끔뻑끔뻑거렸다.

'왜 갑자기… 멋있지?'

김두리의 머리 위에 뜬 호감도가 5에서 20으로 변했다.

*   *   *

잠실역으로 향하는 버스 안에서 김두찬은 생각에 잠겼다.

'확실히 부모님은 날 예전부터 이런 모습이었다고 기억해. 두리 역시 그런 것 같고. 중요한 건 그런 것에 별 감흥이 없었다가 내가 도움이 되고 난 이후, 날 좀 대접해 준다는 거지.'

두리 역시 김두찬의 변한 외모에 아무런 감흥을 보이지 않았다.

여느 여동생이 그러하듯 친오빠가 아무리 잘생겨 봤자 내 눈에는 조금도 차지 않는다는 반응이었다.

'그나저나 엄마 말대로 일단 옷부터 사야겠어.'

정미연에게서 받은 옷은 살이 더 빠져서 너무 헐렁거렸다.

지금 집에서 그나마 맞는 옷은 이것뿐이라 사흘 연속 입고 있는 중이었다.

의도치 않게 의상연결이다.

김두찬이 안여돼 시절이었을 때도 같은 옷을 며칠씩 입고 등교하지는 않았었다.

가뜩이나 주목받는 비주얼인데 옷까지 허구한 날 같아버리면 더더욱 주목받을 것 같았기 때문이다.

그렇기 때문에 화요일과 똑같은 걸 입고 간다는 게 영 맘에 걸렸다.

해서 옷을 사긴 사야 하는데 어디서 사야 좋을지 도통 알 수가 없었다.

김두찬이 입고 다녔던 옷은 대부분 심현미가 시장에서 사왔었다.

김두찬은 지금껏 단 한 번도 혼자서 옷을 사러 가본 일이 없었다.

때문에 옷을 사려면 어디로 가야 하고 어떤 스타일의 옷을 사야 좋은 건지 막막했다.

그때 김두찬의 머릿속에 떠오르는 사람이 있었다.

'정미연.'

그녀라면 쉽게 답을 찾을 것이다.

어쩌면 사무실에 김두찬이 입을 만한 옷이 몇 벌 더 있을지도 모른다.

'그걸 사면 안 될까?'

고민하던 김두찬이 용기를 내서 정미연에게 전화를 걸었다.

—네, 무슨 일이에요?

정미연은 전화를 받자마자 예의상 인사 같은 건 쿨하게 생략하고 용무부터 물었다.

"아, 안녕하세요. 미연 씨. 그 저… 여쭤볼 게 있어서요."

—말해요.

"제가 급하게 옷이 좀 필요해서 그런데… 지금 학교 가는 길이라 어디 들러서 사기에는 애매하고. 아, 지각을 해버렸거든요. 그러니까 제가 옷을 잘 사보지 않아서……."

—두찬 씨 사이즈에 맞는 옷 있냐구요?

"네, 네! 있으면 제가 사고 싶어요! 옷가게 가서 사도 되는데 말씀드렸다시피 그럴 시간적 여유가 없고, 미연 씨가 옷도 잘 보고 하니까……."

—하긴. 그때 내가 준 옷 좀 컸죠?

"…네?"

—너무 막 입고 다니길래 옷을 주긴 줬는데 맞는 사이즈가 그것밖에 없던 터라 나도 조금 그랬는데, 잘됐네.

또다시 정미연의 기억이 조작되었다.

그녀는 김두찬에게 사이즈보다 조금 큰 옷을 준 것으로 기억하고 있었다.

'인생 역전… 이젠 경이롭다 못해 무섭다.'

—어디에요, 지금?

"구리에서 버스 탄 지 얼마 안 됐어요."

―11시 전까지 와야 돼요. 저 스케줄 있거든요.

"그 전에 도착할 수 있어요!"

―남이 입던 거 줘도 상관없어요?

"네? 아… 어디 찢어지거나 뚫린 게 아니라면 괜찮아요!"

―알겠어요. 곧 봐요.

통화는 그렇게 끊겼다.

'휴우, 됐다.'

김두찬이 가슴을 쓸어내리며 안도의 한숨을 내쉬었다.

그런데 그때였다.

[호감도를 20포인트 얻었습니다. 보너스 포인트를 분배해 주세요.]

[호감도를 18포인트 얻었습니다. 보너스 포인트를 분배해 주세요.]

[호감도를 12포인트 얻었습니다. 보너스 포인트를 분배해 주세요.]

[호감도를 7포인트 얻었습니다. 보너스 포인트를 분배해 주세요.]

'어라? 이거 뭐야?'

김두찬의 눈앞에 수초 간격으로 시스템 메시지가 마구 나타나기 시작했다.

*　　　*　　　*

그 이상한 현상은 정미연의 회사에 도착하는 동안에도 간헐적으로 계속해서 나타났다.

[호감도를 13포인트 얻었습니다. 보너스 포인트를 분배해 주세요.]
[호감도를 8포인트 얻었습니다. 보너스 포인트를 분배해 주세요.]

그렇게 해서 얻게 된 보너스 포인트만 무려 328이었다.

계속해서 올라간 포인트는 10시 20분을 조금 넘긴 시점에서 더 이상 올라가지 않았다.

덕분에 김두찬은 가족에게 얻은 보너스 포인트와 등굣길에 얻은 보너스 포인트를 합해 총 581 보너스 포인트를 저장하게 됐다.

"왔어요?"

건물에 들어서자마자 로비에서 기다리던 정미연이 김두찬을 맞이했다.

"네, 미연 씨. 오래간만이네요."

"우리 그제 봤는데?"

"아, 그랬죠, 참. 하, 하하."

"저기요."

"네?"

"그 얼굴 그렇게 자신 없이 쓸 거면 그냥 다른 사람 줘요. 아까워 죽겠어."

"아깝다니요?"

"잘생긴 얼굴 그따위로 사용할 거예요?"

"자, 잘생겼……."

김두찬은 벅차오르는 감동에 말을 잇지 못했다.

태어나서 한 번도 잘생겼다는 얘기를 들어보지 못한 그였다.

물론 오늘 아침 가족들에게 듣긴 했으나 그때는 너무 정신이 없었다.

게다가 남이 아닌 가족이라는 것 때문에 감흥이 크지 않았다.

한데 남에게, 그것도 여자에게 듣게 되니 기분이 완전히 달랐다.

기쁨과 환희, 그리고 부끄러움이라는 여러 가지 기분이 뒤섞여 김두찬의 뺨이 붉게 물들었다.

그걸 본 정미연이 속으로 생각했다.

'진짜로 순수한 거야, 콘셉트야?'

정미연은 직업이 직업인 만큼 얼굴 반반한 남자들을 많이 만난다.

한데 알고 지내면 대부분 그들은 얼굴값을 한다.

싸가지가 없는 경우도 있고, 그렇지 않더라도 자기가 잘생겼다는 걸 충분히 알고 있었다.

개중엔 처음엔 순수하고 어리바리한 척 연기하다가 나중에 본색을 드러내는 경우도 많았다.

김두찬도 그런 경우라고 생각했다.

버스에서 첫 대면을 했을 때, 김두찬은 정미연의 옆자리에 앉았다. 얼굴이 제법 반반해서 초장부터 비호감이었다. 정미연은 잘생긴 사람을 그다지 좋아하지 않았다.

그런데 소매치기를 잡아준 이후부터 김두찬의 행동이 상당히 호감으로 다가왔다.

사실 지금까지도 김두찬이 순진한 척하고 있는 게 아닌가 싶었다.

그런 의심은 잘 사라지지 않았다.

그래도 다른 남자들보다는 본질적으로 다른 것 같다는 느낌이 들었다.

그게 조작된 정미연의 기억 속에 새로 자리 잡은 김두찬의 이미지였다.

원래는 심하게 못생겨서 비호감이었던 김두찬이었는데, 지금은 미남이어서 꺼려졌다는 식으로 바뀌어 버렸다.

"전화 받고 몇 벌 챙겨놨어요."

정미연이 옷이 가득한 방으로 김두찬을 안내했다.

그러고는 상하의 다섯 벌씩 골라놓은 걸 건넸다.

"차례대로 스타일 맞춰서 포개놓은 거니까 그대로 입으면 돼요. 근데 바꿔 입어도 상관없어요. 가장 괜찮은 룩으로 매치한 것뿐이고, 이리저리 맞춰 입어도 크게 언밸런스하지 않고 괜찮아요."

"아, 감사합니다. 근데… 이렇게까지는……."

"많아서 부담인가?"

"아뇨. 제가 가진 돈이……."

"그냥 가져요."

"네? 이것도 안 비싼 건가요?"

"싼 건 아닌데, 버리거나 기부하려던 참이었거든요."

"왜요?"

"전남친이랑 헤어지면서 내가 사준 거 그대로 돌려받은 거거든. 사치스러운 새끼라서 사준 옷이라고 해도 한 번 입고는 안 입곤 했어요. 혹시 그게 찝찝하면 관둬도 돼요."

"아, 아니오! 좋아요! 얼마든지 입을 수 있어요. 오히려 감사하죠."

"…진짜 안 찝찝해요?"

"그런 게 어디 있어요. 땅을 파봐요. 이런 옷이 공짜로 나오나."

김두찬의 집은 어려운 형편이다.

전에는 그냥 다른 집보다 여유롭지 않다는 정도만 인지하고 있었다. 그런데 이번에 실상을 톡톡히 알았다.

식당이 망해가는 와중이라 어려워도 아주 어려웠다.

때문에 이렇게 얻는 옷들이 김두찬의 입장에서는 대단히 소중했다.

누가 한 번 입었던 게 아니라 열 번 입었다 해도 상관없었다.

"저기, 일단 지금 갈아입어도 괜찮을까요?"

"좋을 대로 해요."

정미연이 방에서 나갔다.

김두찬은 가장 위에 포개진 검은색 스웨이드 셔츠와 청바지를 입었다. 그런데 청바지 주머니가 불룩 튀어나와 있었다. 안을 뒤져보니 메탈 밴드 시계가 나왔다.

김두찬은 그걸 선뜻 착용하지 못하고서 남은 옷과 함께 들고 나갔다.

문 앞에서 서 있던 정미연이 김두찬을 훑어봤다.

"잘 어울리네요. 전남친 사이즈가 그쪽이랑 비슷했거든. 근데… 조금 더 빼면 정말 괜찮겠다. 이거 신어요."

정미연이 운동화 한 켤레를 내밀었다.

"네? 이건 뭐예요?"

"이것도 전남친한테 돌려받은 거예요."

사실대로 얘기하자면 헤어지면서 줬던 걸 강제로 다시 빼앗은 거지만.

"맞으면 신고, 안 맞으면 나가는 길에 어디 버려주세요. 275?"

"맞아요. 저 275예요."

"다행이네."

김두찬은 운동화를 갈아 신고서 시계를 내밀었다.

"그리고 이게 주머니에 있었어요."

"가져요."

"네? 이, 이것두요? 비, 비싸 보이는데……."

"싫으면 바닥에 내려놓으세요."

김두찬이 조심스럽게 시계를 바닥에 내려놓았다. 그러자 정미연이 하이힐 뒷굽으로 시계를 짓밟으려 했다.

"헉!"

놀란 김두찬이 바람처럼 손을 내밀어 시계를 구해냈다.

콱!

하이힐은 애꿎은 바닥만 찍었다.

"뭐하는 거예요?"

"아니, 미연 씨야말로 이게 무슨……."

"그것도 그 새끼한테 줬다가 되돌아온 물건이에요."

"근데 이해가 안 되는데, 헤어져서 꼴도 보기 싫으면 바로 처분하시지 왜 지금까지 가지고 있어요? 그건 미련이 남은 거 아니에요?"

"어제 헤어졌어요. 딴 년이랑 차안에서 그 짓 하다가 걸렸거든요. 또 궁금한 거 있어요?"

"어, 없습니다."

"그럼 그만 가보세요. 알다시피 한가한 인생은 아니라서요."

"네? 네, 그럼⋯⋯."

김두찬은 냉기가 풀풀 날리는 정미연을 더 자극하기 전에 냉큼 회사를 빠져나왔다.

＊   ＊   ＊

시나리오 극작과의 목요일 첫 강의가 시작되고 20분이 흘렀다.

오늘따라 지각이나 결석을 한 학생들이 없었는데, 유일한 지각자가 나타났으니.

드르륵!

"죄, 죄송합니다, 교수님."

김두찬이었다.

창작 이론을 담당하는 교수 마흔줄의 김다솔 교수는 그런 김두찬을 보며 빙긋 미소 지었다.

"괜찮으니까 어서 앉아요, 두찬 학생."

"네, 네."

김다솔 교수의 강의 시간에 늦은 게 다행이라면 다행이었다.

그는 학교 내에서도 부처라는 별명을 가지고 있을 만큼 자상한 교수였다.

김두찬이 빈자리로 가서 앉으려는데 어째 학생들이 그를 보는 시선들이 하나같이 예사롭지 않았다.

마치 놀라운 것을 본 사람처럼 휘둥그레져 있었다.

"야, 야 저거… 명품 아니냐?"

"나도 잘 모르는데 결코 싼 옷 같지는 않다."

"어머, 두찬이 옷 입은 거 봐."

"대박. 마스크는 괜찮아도 꾸미지 않아서 좀 그랬었는데."

학생들이 김두찬을 보며 소곤댔다.

"야… 지훈아. 저 옷… 다 명품 아니냐."

정지훈의 뒤꽁무니를 졸졸 쫓아다니는 심진우도 한마디 했다.

그러자 정지훈 바로 옆자리에 앉은 유아라도 끼어들었다.

"쟤… 가난한 거 아니었어?"

정지훈이 그런 둘을 말렸다.

"그러지마. 우리가 두찬이에 대해 알면 얼마나 안다고. 강의 듣자."

말은 그렇게 했지만 정지훈은 속으로 이를 갈았다.

'톰포드 셔츠, 청바지는 이태리 디스퀘어드, 운동화는 골든

구스 한정판. 게다로 롤렉스시계까지.'

김두찬이 정미연에게 받아 걸치고 있는 건 하나같이 명품
이었다.

걸치고 있는 옷과 신발, 시계의 값을 다 합하면 천만 원이
거뜬히 넘었다.

하지만 정작 김두찬은 그런 가치를 전혀 모르고 있었다.

옷에 워낙 관심이 없었기 때문이다.

'저 거지 새끼가 대체 어디서 저런 명품을 받아 처입은 거
야?'

김두찬을 바라보는 정지훈의 눈에 독기가 어렸다.

김두찬이 자리에 앉아 정지훈을 바라봤다. 눈이 마주치는
순간 정지훈은 앞을 보고 돌아앉았다.

그의 머리 위에 뜬 호감도 수치가 −30에서 −40으로 변했
다.

'또 내려갔어? 내가 뭘 어쨌다고?'

정지훈의 속내를 도무지 이해할 수 없는 김두찬이었다.

*   *   *

정미연이 스케줄을 소화하기 위해 사무실을 막 나가려는
순간이었다.

로비 벽에 걸린 대형 텔레비전에서는 가요 프로그램 재방송

이 흘러나오고 있었다.

무대에는 중견 아이돌 그룹 '플레이진'이 나와 열네 번째 히트곡을 열창하는 중이었다.

그중 머리를 붉게 물들인 플레이진의 리더 '태경'의 얼굴이 정미연의 눈에 들어왔다.

태경은 아이돌치고는 조금 후덕한 체격임에도 상당히 인기가 많았다.

가만히 태경을 보고 있던 정미연이 작게 욕설을 내뱉었다.

"쓰레기 새끼."

그러고는 다시 걸음을 옮기려는데, 고상함이 가득 담긴 음성이 그녀를 붙잡았다.

"미연아, 일 나가니?"

정미연을 부른 건 그녀의 소속 회사 '뷰티연'의 대표 서인경이었다.

서인경은 올해 쉰을 코앞에 둔 나이지만 서른 초반의 여인들 부럽지 않은 탄력 있는 몸매와 주름 하나 없는 얼굴을 가진 미인이었다.

"응. 오늘 좀 바빠."

"아무리 바빠도 끼니는 챙겨. 그때 잘 먹어둬야 나이 들어서도 엄마처럼 탱탱해지는 거야."

"돈으로 관리받은 거라고 하면 누가 잡아가나."

"얘는 말을 해도 꼭. 주말에 아이키 엔터테인먼트 이사랑 저

넉 약속 잡힌 거 잊지 않았지? 회사 계약으로 이어질 수도 있는 자리니까 신경 써야 한다."

"그날 다른 약속 없으면 나갈게. 어지간하면 엄마 혼자 나간다고 생각하세요."

정미연은 시크하게 대답하고서 회사를 나섰다.

그에 서인경이 고개를 절레절레 저으며 한숨을 쉬었다.

"성격은 날 닮았어야 했는데, 제 아빠를 닮아서는."

*   *   *

첫 번째 강의가 끝나자마자 장재덕이 김두찬에게 다가왔다.

"두찬아~! 어제 보고 오늘 또 보니까 엄청나게 반갑다!"

"어, 재덕아. 어제는 덕분에 진짜 잘 먹었어."

장재덕은 김두찬에게 말을 걸며 주변의 시선을 살폈다.

강의실에 남아 있는 학생들의 반 이상이 김두찬을 보고 있었다.

그가 갑자기 명품으로 도배를 하고 온 것이 놀라서 보는 사람도 있었고, 스타일이 바뀌니 외모가 확 살아서 눈 호강하려고 보는 사람도 있었다.

장재덕은 화제의 중심에 있는 김두찬과 친밀하다는 걸 보이는 것이 기분 좋았다.

"나와줘서 내가 고맙지. 근데 너 이거 아냐?"

"뭘?"

장재덕이 스마트폰을 꺼내 김두찬에게 내밀었다.

"내가 끝내주는 영상 하나 보여줄게."

뭔가 재밌는 일을 꾸미는 악동의 표정을 한 장재덕이 인튜브 어플을 실행했다.

그러자 메인 화면에 화제의 추천 동영상 세 개가 떴다.

장재덕은 그 중 하나를 클릭했다.

"이게 뭐… 어?"

동영상을 보던 김두찬의 눈이 커졌다.

액정에는 어제 지하철 안에서 봤던 고딩들이 할아버지에게 욕을 하는 장면이 재생되고 있었다.

얼굴은 모자이크 처리됐고, 음성도 변조됐지만 김두찬은 대번에 그들임을 알았다.

이윽고 김두찬이 나서서 학생들을 말리는 장면이 이어졌다.

김두찬의 얼굴도 모자이크 처리되어 있었다. 음성 역시 변조되었다.

"어, 어떻게 된 거야?"

"어제 지하철에 타고 있던 사람이 몰래 찍었나 봐. 오늘 아침에 인튜브 화제의 동영상으로 올라와 있더라고."

김두찬이 동영상의 제목을 확인했다.

"지하철역 정의의 사도?"

"제목 죽이지? 댓글 반응도 장난 아니야. 완전 사이다라고 난리들이라니까? 그래서! 내가 과 애들한테 진실을 밝혔단다."

"응? 무슨 말이야?"

"영상 보여주면서 여기 찍은 사람이 김두찬 너라고 알려줬다니까!"

"뭐?"

그러고 보니 학생들의 머리 위에 있는 호감도가 화요일 날 봤던 것보다 더 높아져 있었다.

"내가 오늘 제일 일찍 왔거든. 강의실 들어오는 애들마다 이 동영상 들이대면서 친절하게 설명해 줬지. 정의의 사도 김두찬의 선행에 대해!"

"어?"

"이런 건 알려지고 널리 퍼져야 한다고, 짜식아."

장재덕이 시시덕거리며 김두찬에게 어깨동무를 했다.

그때 로나가 말을 걸었다.

―어머나, 정말 좋은 친구를 두셨네요? 하마터면 좋은 일 해놓고 아무도 모를 뻔했는데 말예요. 그래도 아쉬운 건 어쩔 수가 없답니다. 만약 모자이크가 되지 않았다면 정말 많은 호감도를 얻을 수 있었을 텐데요.

'그게 무슨 말이야, 로나?'

―동영상 속 두찬 님의 얼굴은 모자이크가 되어 있죠? 목소리도 변조되었고요.

'그렇지.'

—동영상 조회 수 좀 보시겠어요? 무려 31만이 넘어간답니다. 그럼 아무리 적게 잡아도 10만 정도는 두찬 님에 대한 호감도가 올라갔겠죠? 하지만 두찬 님에게 돌아온 보너스 포인트는 얼마 되지 않을 거예요.

들고 보니 그랬다.

저 정도 조회 수면 하루 얻을 수 있는 호감도 최고치인 1,000은 그냥 찍었어야 정상이다.

한데 김두찬이 벌어들인 포인트는 겨우 300이 좀 넘었다.

—이유가 뭘까요? 사람들이 동영상 속 사람이 두찬 님이라는 걸 모르기 때문이랍니다. 즉, 재덕 님 덕분에 그게 두찬 님이라는 걸 알게 된 사람들의 호감도만 보너스 포인트로 돌아온 거랍니다.

말인즉, 사람들이 호감을 갖는 대상이 김두찬이라는 걸 알았을 때에만 보너스 포인트를 받을 수 있다는 얘기다.

'그렇구나.'

비로소 김두찬은 버스 안에서 계속해서 얻어지던 포인트의 정체를 파악했다.

그것은 재덕이 덕분에 동영상 속 사람이 김두찬이라는 걸 알게 된 같은 과 학생들의 호감도가 올라가면서 얻게 된 것이었다.

지속적으로 쌓이던 포인트가 갑자기 멈춰 버린 건, 강의가 시작되면서 장재덕이 더 이상 입을 털지 못했기 때문이다.

김두찬은 학생들의 호감도를 살피다가 문득 그들이 전부 자신을 주목하고 있다는 걸 알았다.

'윽, 부담스럽다. 근데… 나쁘지 않아.'

예전에는 자신을 바라보는 사람들의 눈동자 속에 비웃음, 환멸, 우월감 등등의 감정만이 담겨 있었다.

한데 지금은 아니었다.

경외, 호감, 부러움 같은 긍정적 감정이 가득했다.

게다가 더 놀라운 건.

[호감도를 27포인트 얻었습니다. 보너스 포인트를 분배해 주세요.]

아무것도 하지 않았는데 몇몇 사람들의 호감도가 올라갔다는 것이다.

'진짜 인생 잘나고 봐야 하는구나.'

물론 그 와중에도 정지훈 패거리의 호감도는 예전 그대로였다.

정지훈은 −40, 심진우는 −10, 유아라는…….

'어라? 13?'

놀랍게도 유아라의 호감도는 13이었다.

화요일까지만 해도 그녀의 호감도는 −15였다.

그런데 지금은 13이 되어 있었다.

김두찬의 잘생긴 외모와 적당한 몸매, 그리고 동영상 속에서의 모습과 오늘 걸치고 온 명품 옷들이 조합되어 자기도 모르게 호감도가 올라 버린 것이다.

전 같았으면 결코 벌어지지 않았을 일들에 김두찬의 가슴이 쿵쾅거리며 뛰었다.

그것은 희열이었다.

변해 버린 위치에서 겪고 느끼게 된 새로운 상황들에 대한 희열!

"아무튼 너 인튜브 스타 된 거야, 두찬아."

장재덕이 동영상을 처음부터 다시 플레이하며 자기 일인 양 좋아했다.

그때 몇몇 여학생과 남학생이 김두찬의 곁으로 다가와 물었다.

"두찬아. 그 영상 속에 나오는 사람, 정말 너야?"

"재덕이가 너라고 하는데… 알잖냐. 얘 주둥이가 하도 가벼워서 확 믿음이 가야 말이지."

"딱 봐도 두찬이 아니야? 난 바로 알겠던데 뭘~"

"두찬아, 너지? 너 맞지? 그렇지?"

갑자기 쏟아진 질문 공세에 김두찬이 얼떨떨해했다.

"어? 어, 그거 저기… 응. 나 맞아."

"대박! 진짜 김두찬이었어!"

"야, 너 무술 배웠냐? 이거 저거잖아. 절권도."

"합기도지, 무슨 절권도야?"

주변에서 신나게 떠들어대는 학생들을 김두찬이 감격에 젖어 바라봤다. 그는 단 한 번도 친구들 사이에서 화제의 중심에 오른 적이 없었다.

쉬는 시간마다 부러웠던 건 삼삼오오 모여 이야기를 나누는 친구들이었다.

그리고 그 속에서는 언제나 가장 튀는 녀석이 있었다.

김두찬은 그 녀석들이 부러웠다.

그런데 지금 자신이 바로 그 입장이 되었다.

하늘을 날아갈 듯 신이 났다.

김두찬이 이 기분을 만끽하며 함박웃음을 짓고 있을 때였다.

"그 동영상 나도 봤어. 근데 난 바로 알았다? 두찬이 너라는 거."

아름다운 음성이 김두찬을 비롯한 그 자리에 모여 있던 모든 학생의 귓전을 울렸다.

말을 걸어오며 다가온 사람은 주로미였다.

이제 그녀는 더 이상 은따 주로미가 아니었다.

모든 남학생들이 어떻게든 말 한 번 걸어보려고 기회만 노리는 여신이 되었다.

그런 그녀가 먼저 김두찬에게 말을 걸어왔다.

남학생들의 부러운 시선이 김두찬에게 향했다.

"로미야. 진짜야? 난 줄 알았어?"

"응."

주로미가 맑게 미소 지으며 고개를 끄덕였다.

"인튜브 스타 된 거 축하해, 두찬아."

그녀 머리 위의 호감도가 70에서 90으로 껑충 뛰어올랐다.

[호감도를 20포인트 얻었습니다. 보너스 포인트를 분배해 주세요.]

목요일 강의는 창작 이론과 영화의 이해가 오전 오후로 나뉘어 잡혀 있다.

창작 이론이 12시 40분에 끝나면 영화의 이해가 시작하는 1시 30분까지는 공강이다.

황금 같은 점심시간을 그냥 버려둘 수는 없다.

김두찬은 장재덕과 함께 학생 식당으로 향했다.

그런데 주로미가 그런 두 사람의 뒤로 조심스레 따라붙었다.

"저기… 나도 같이, 밥 먹으면 안 될까?"

그녀의 제안에 장재덕이 펄쩍 뛰었다.

"야, 안 될 게 뭐가 있어? 너 같은 미인… 아니, 같은 동기끼리! 가자, 가."

장재덕은 넉살 좋게 대답하며 김두찬과 주로미의 사이에서 팔짱을 꼈다.

주로미는 당황했지만 이를 다 드러내고 해죽 웃는 장재덕의 익살스러운 얼굴에 피식 웃고서는 같이 걸음을 옮겼다.

그렇게 세 사람은 소소한 대화를 나누며 나란히 걸었다.

다정하게 캠퍼스를 누비는 그들에게 다른 학생들의 시선이 꽂혔다.

아니, 정확히는 김두찬과 주로미를 바라보고 있었다.

두 사람의 모습은 지나가는 것만으로 주변 사람들의 주목을 받을 만큼 멋있고 아름다웠다.

남학생들은 주로미가 어느 과 누구인지 서로에게 물었고, 여자들은 김두찬을 아는 사람이 주변에 없나 찾기 바빴다.

하지만 그들을 아는 사람이 아무도 없었다.

저토록 빛이 나는 비주얼을 가진 얼굴이 학교를 활보하는데 여태껏 학생들 사이에 소문이 나지 않았다는 건 이상한 일이었다.

한데 그럴 수밖에 없었다.

주로미도, 김두찬도 하루아침에 변신해 버린 케이스였다.

아직 그들의 소문이 퍼지기엔 일렀다.

[호감도를 5포인트 얻었습니다. 보너스 포인트를 분배해 주세요.]

[호감도를 8포인트 얻었습니다. 보너스 포인트를 분배해 주세요.]

또다시 호감도가 소폭씩 상승하기 시작했다.

이번엔 장재덕이 입을 턴 게 아니었다.

그는 김두찬과 함께 있었다.

'설마?'

김두찬이 혹시나 하는 시선으로 주변을 둘러봤다.

낯선 여인들이 김두찬을 바라보고 있었다. 그들 중 몇몇 사람의 머리 위의 호감도가 조금씩 올라 있었다.

'호감도가 올랐어.'

김두찬과는 일면식도 없는, 남과 다름없는 여인들이었다.

한데 김두찬에 대한 호감도가 올라갔다.

그것이 변한 외모와 꾸며 입은 옷이 불러일으킨 효과였다.

보너스 포인트는 식당에 들어가 식사를 할 때까지도 계속해서 들어왔다.

'언제까지 들어오는 거야?'

식사를 마친 뒤 다시 강의실로 돌아오는 길에도 김두찬을 스쳐 지나가는 몇몇 여자들의 호감도가 소폭 상승했다.

결국 오후 강의가 시작된 이후에야 끊임없이 이어지던 보너스 포인트의 행렬이 끊어졌다.

그렇게 공강 시간 동안 조금씩 얻은 보너스 포인트가 무려 137이었다.

기존에 저장해 놓은 보너스 포인트와 합산하면 총 765포인트고, 오늘 하루 더 받을 수 있는 보너스 포인트는 473이었다.

한데 이런 기세라면 남은 포인트도 전부 채울 수 있을 듯했다.

그런 생각을 하니 김두찬의 입꼬리가 스르르 말려 올라갔다.

'정말 다른 세상이 펼쳐지는구나.'

여태껏 경험해 보지 못했던 세상이었다.

김두찬이 평생 발을 들여놓지 못할 거라 생각했던 영역이었다.

그런데 지금 그 영역의 중심에 김두찬이 들어와 있었다.

중요한 건 여기서 끝이 아니라는 것이다.

이제부터 시작이었다.

앞으로 발전할 가능성이 무궁무진했다.

'보너스 포인트는 어디에 투자할까?'

김두찬이 행복한 상상에 취해 있는데 얼굴이 따가웠다.

저 멀리서 정지훈이 김두찬을 묘한 시선으로 바라보고 있었다.

'뭐야?'

이를 확인한 김두찬의 표정이 확 굳었다.

정지훈은 화를 내는 것 같지도, 기분이 좋은 것 같지도 않아 보였다.

한데 전 같았으면 눈이 마주치는 순간 시선을 피하곤 했던 그가 이번에는 작정한 듯 김두찬을 주시했다.

'왜 그래?'

김두찬이 입모양으로 물었다.

정지훈은 대답 없이 시선을 돌렸다.

그때였다.

지이이이잉—

'음?'

김두찬의 스마트폰이 몸을 떨었다.

확인해 보니 정지훈에게 메시지가 와 있었다.

—두찬아, 오늘 연기과랑 내기 족구 시합 있는데 네 이름 넣어도 돼지?

'어? 뭐야? 내기 족구?'

황당했다.

김두찬은 공놀이를 좋아하지 않는다.

축구, 농구, 야구, 배구, 족구, 전부 싫어한다.

애초부터 공놀이는 젬병이었다.

그런데 다른 과와 내기 족구를 해야 한다니 날벼락 같은 말이었다.

김두찬이 얼른 답장을 보냈다.

—어? 나 들은 얘기가 없는데.

―아, 미안. 내가 미리 말 안 했었지? 원래 진우가 나가기로 했었는데 속이 좀 안 좋아서 못하겠대.

―다른 애들은 시간 안 된대?

―응. 시간도 시간이고 다들 좀 부담스러워해서. 그나마 우리 과에서는 네가 몸이 괜찮잖아.

―아니, 근데 나 족구는 못해.

―야ㅋㅋ 허우대 멀쩡해서 그게 뭐야. 괜히 빼는 거지?

―진짜인데…….

―음, 알았어. 그럼 다른 사람 구해볼게.

―응.

―괜히 부담 줘서 미안해.

―아니야.

메시지를 끝내고 나니 괜히 찝찝했다.

정지훈은 심진우, 김준호, 강대식과 함께 팀을 이뤄 연기과랑 두 번 정도 내기 족구를 했다.

그래서 지는 쪽이 저녁을 사곤 했다.

내기 족구는 늘 그들만의 리그였다.

족구에 참여한 사람들끼리만 내기를 하니 당연했다.

하지만 학생들은 이들의 내기 족구를 보러 우르르 몰려가곤 했다.

처음에는 정지훈이 있었기 때문에 여자들만 몰려들었었다.

그런데 첫 번째 시합에 시나리오극작과가 이겼음에도 정지훈이 그날 저녁을 샀다.

내기 족구에 참가한 사람들뿐만 아니라 구경하던 사람들까지 전부 데리고서 고기에 술을 사줬다.

그게 소문이 나서 두 번째 족구 시합 때는 남학생들까지 구경꾼을 자처했다.

그날도 시나리오극작과가 이겼다.

하지만 정지훈은 또다시 자신의 지갑을 열었다.

이제는 족구 시합 언제 하냐고 물어보는 사람이 있을 정도였다.

근데 그게 오늘이었다.

학생들은 전부 그 시합, 정확히 말하자면 시합이 끝난 뒤 정지훈이 한턱 낼 뒤풀이에 관심이 쏠려 있었다.

그러나 김두찬은 별 흥미가 없었다.

공놀이를 싫어하는 데다가 친구들과 어울리지도 못해서 늘 구경 간 적이 없었기 때문이다.

'그런데 나더러 선수로 뛰라니. 안 되지, 안 돼. 그나저나 포인트가 제법 모였는데 어디에 투자를 할까?'

김두찬이 상태창을 열었다.

이름: 김두찬

성별: 남

키: 175.5㎝

몸무게: 75㎏

얼굴: 14/100(A)

몸매: 4/100(A)

체력: 57/100(E)

손재주: 0/100(B)

소매치기: 0/100(F)

기억력: 0/100(E)

요리: 0/100(A)

불취(不醉): 0/100(F)

보너스 포인트: 765

핵: 1

보너스 포인트가 765에 개그 능력을 없애고 얻은 핵이 하나 였다.

어디에 포인트를 투자하면 좋을지 고민하던 김두찬이 서서 히 고개를 끄덕였다.

'그러고 보니 A랭크의 포인트를 전부 채우면 어떻게 되는지 궁금했었는데 시험해 보면 되겠다.'

결정을 내린 김두찬이 86포인트를 얼굴에 투자했다.

그러자 얼굴의 포인트가 14/100(A)에서 0/1,000(S)로 바뀌었다.

'어? S랭크도 있었어?'

그때였다.

김두찬의 눈앞에 처음 보는 시스템 메시지가 나타났다.

[얼굴의 랭크가 S로 업그레이드됐습니다. 랭크 업 특전이 주어집니다. 초월시각을 얻게 됩니다.]

그와 동시에 김두찬의 시선이 흐릿해졌다.

'윽, 왜 이러지?'

김두찬이 쓰고 있던 안경을 벗었다.

그런데.

'어……'

안경을 쓰고 있어야만 또렷하던 세상이 너무나 잘 보였다.

김두찬이 안경을 다시 얼굴에 얹었다.

흐릿하다.

벗었다.

또렷하다.

'우와아아아!'

김두찬의 양쪽 눈의 시력은 각각 0.2였다.

그래서 안경을 쓰지 않으면 일상생활이 힘들 정도다.

한데 지금은 안경을 쓰면 어지럽고, 벗으면 시야가 또렷해졌다.

'눈이 좋아졌어!'

시력이 좋아진 것이다.

눈앞에 걸리는 게 없이 있는 그대로의 세상을 직접 보니 가슴이 뻥 뚫리는 것 같았다.

놀라운 일은 거기서 끝이 아니었다.

김두찬이 창밖으로 시선을 돌렸다. 그리고 캠퍼스를 감상했다.

아름다웠다.

하늘이 조금 칙칙했지만 상관없었다.

바람에 흔들리는 나무가 아름다웠고, 꽃이 아름다웠다.

캠퍼스를 거니는 학생들이 아름다웠다.

그리고 그 학생들의 얼굴이 마치 코앞에서 보는 것처럼 또렷하게 보였다.

'어라? 이게… 말이 돼?'

초월시각.

그것은 김두찬의 시력을 보통 사람의 시력보다 몇 배 이상좋게 만들어줬다.

*　　　*　　　*

'안경 벗으니까 훨씬 낫네?'

'인물 확 산다.'

오후 강의가 끝났다.

강의실의 여학생들은 안경을 벗은 김두찬의 얼굴을 흘끔거리며 속으로 생각했다.

단지 안경만 벗었다.

그런데 그것만으로 또다시 사람들의 호감도가 소폭 상승했다.

[호감도를 25포인트 얻었습니다. 보너스 포인트를 분배해 주세요.]

몇몇 여학생들에게서 오른 호감도가 합산되어 들어왔다.

'다른 세상이야.'

김두찬의 얼굴에 점점 자신감이 차올랐다.

그의 입술이 기분 좋은 호를 그렸다.

눈동자가 또렷해지고 눈썹에 힘이 들어갔다.

어딘가 주눅 들어 보이던 어두운 그림자가 전부 사라졌다.

그것은 인생 역전에 접속하고 나서 처음으로 보는 김두찬의 모습이었다.

"두찬아! 안경 벗었네?"

강의가 끝나자마자 장재덕이 쪼르르 달려와 말을 걸었다.

"응."

"눈 나쁜 거 아니었어?"

"아, 이거 그냥 쓰고 다니는 거였어."

"엥? 야 앞으로는 그런 패션 용품은 넣어둬. 맨얼굴이 훨 낫구만."

"그래?"

"그 얼굴 가리고 다니는 건 죄야, 임마."

장재덕이 김두찬과 시시덕거리고 있을 때, 정지훈이 다가왔다.

"둘이 무슨 얘기를 그렇게 재밌게 나눠?"

"아, 지훈아. 두찬이 안경 안 쓰니까 얼굴 확 살지 않냐?"

장재덕은 정지훈의 본성을 모른다.

대부분의 학생이 그랬다.

때문에 거리낌 없이 정지훈과 말을 섞었다.

하지만 김두찬은 정지훈이 다가오는 것 자체가 부담이었다.

"안 그래도 그 말 하려 그랬다. 두찬아. 넌 이게 훨씬 보기 좋아."

"어, 그래."

김두찬이 대충 대답하고서 정지훈을 피하려 했다.

그런데 정지훈은 김두찬을 그냥 두지 않았다.

"두찬아. 아까 말했던 족구 말이야."

"족구? 그거 나 안 한다고……."

그때 정지훈의 뒤에 서 있던 심진우가 끼어들었다.

"미안, 두찬아. 내가 연기과에 명단을 넘겨 버렸어."

"어?"

"아니, 아까 지훈이가 나 대신 널 멤버로 넣길래 얘기 다 된 줄 알았지."

그에 정지훈이 심진우의 목을 겨드랑이 사이에 끼고 장난스레 졸랐다.

"하여튼 너는 너~무 성급해."

"켁켁! 미안. 지훈아. 나는 몰랐지."

"저기 나는 좀 빼줬으면 하는데."

"어쩌냐, 두찬아. 사전에 넘긴 명단은 수정 안 되는데."

"왜 수정이 안 돼?"

"연기과랑 우리과랑 동시에 명단을 넘기면 그걸로 끝이야. 중간에 인원 바뀌면 그냥 몰수패고. 서로 깨끗하게 시합하자고 사전에 합의한 항목이라서 어쩔 수가 없다."

그러자 심진우가 김두찬의 얼굴에 자기 얼굴을 바짝 들이댔다.

입은 웃고 있는데 눈은 웃고 있지 않았다.

그는 눈동자에 힘을 빡 주고 유들거리며 말했다.

"그래, 고작 내기 족구 하는 건데 뭘 그렇게까지 빼? 너 되게 비싼 척한다?"

그 말에 김두찬의 안에서 무언가가 욱하고 솟구쳤다.

"나 비싼 척하지 않았는데."

처음으로 김두찬이 심진우의 말을 받아쳤다.

심진우는 그게 또 못마땅했다.

"그냥 나 대신 한판 해달라고. 점심에 뭘 잘못 먹었는지 속이 안 좋아서 못 뛰겠으니까. 응원 열심히 할게, 새끼야."

말미에 그가 김두찬의 어깨를 툭툭 쳤다.

이를 지켜보던 정지훈이 심진우를 떼어냈다.

"진우야, 그만해."

"새끼가 비싸게 굴잖아."

"심진우."

정지훈이 삐딱하게 구는 심진우를 정색하고 불렀다. 그러자 심진우가 찔끔해서 얼른 미소를 지었다.

"아 왜~"

"너 선수 명단 일부러 그냥 넘겼지?"

"아 뭘 일부러 그냥 넘겨. 난 얘기 끝난 줄 알았다니까?"

거짓말이었다.

심진우는 얘기가 안 된 줄 알면서도 명단을 넘겼다.

그러고서는 지금 이미 한참 전에 명단을 넘긴 것처럼 거짓말을 하고 있는 것이다.

정지훈이 드러내 놓지 않고 김두찬을 싫어한다면, 심진우는 대놓고 김두찬을 무시하는 인간이었다.

인생 역전 게임으로 인해 심진우의 머릿속에서 재설정된 김두찬의 이미지는 허우대만 멀쩡하지 별것 없는 인간이었다.

그래서 깔보고 막 대했었다.

한데 오늘 쫙 빼입고 와서 여자들이 계속 김두찬에게 호감 가득한 시선을 보내는 걸 보니 괜히 배알이 꼴렸다.

기분이 그래서 그런지 점심을 먹은 것도 얹혔다.

강의 끝나고 족구 시합이 있는데 난처했다.

어쩔 수 없이 정지훈에게 사정을 설명하고 시합에서 빠지기로 했다.

정지훈은 그 빈자리에 김두찬은 어떨까 의견을 내놨다.

그러고는 김두찬이 족구에 젬병이라는 정보를 건네줬다.

그에 심진우는 바로 명단을 넘겨 버렸다.

김두찬이 여자들 앞에서 단단히 쪽 당하는 걸 보고 싶었다.

이제 상황은 돌이킬 수 없었다.

김두찬의 당황해하는 얼굴이 고소한 심진우였다.

하지만 심진우는 모르고 있었다.

자신도 줄곧 정지훈의 손바닥 위에서 놀고 있다는 것을.

*   *   *

'다 짜놓은 판이라 이거지?'

김두찬은 내기 족구 멤버로 선발이 됐다.

그따위 거 어찌 되든 말든 무시하고 그냥 집에 갈까 했지만 생각을 바꿨다.

한 번 외면하기 시작하면 다음에도 외면하게 된다.

부딪칠 건 부딪쳐야 한다.

대신 다음부터는 자신을 깔보지 못하도록 확실히 무언가를 보여주는 게 중요하다.

직사각형의 코트를 반으로 갈라 한쪽에는 시나리오극작과 학생들이, 다른 쪽에는 연기과 학생들이 넷씩 나누어 섰다.

김두찬이 시나리오과 멤버를 훑어봤다.

'정지훈, 김준호, 강대식.'

김준호는 평소에 김두찬에게 크게 관심이 없던 친구였다.

호감도도 원래 0이었다가 김두찬이 바뀌고 난 최근에 10으로 변했다.

강대식은 시나리오극작과에서 보기 드문 육체파였다.

우락부락한 근육으로 가득한 몸을 자랑했다.

관심사는 오로지 운동과 여자, 둘뿐이었다.

김두찬에 대한 호감도는 예전에도 지금도 0이었다.

"두찬아."

시합이 시작하기 전.

묘한 전운이 감도는 가운데 김두찬의 뒤에 서 정지훈의 목소리가 들려왔다.

"우리가 잘 받쳐줄 테니까 너무 긴장하지 마. 몸 경직돼. 몇 번 공 주고받다 보면 금방 익숙해질 거야."

'그럴 리가.'

족구의 룰도 모르는 김두찬이다.

그래서 조금 전에 인터넷을 찾아 겨우 룰을 익힌 상황이었다.

아울러 태어나서 공을 제대로 차본 적이 열 번도 되지 않았다.

그런 입장인데 금방 익숙해질 리가 없다.

하지만 김두찬에게는 남들에게 없는 능력이 있었다.

코트 밖에서는 연기과와 시나리오과 학생들이 우르르 모여들어 구경을 하고 있었다.

"지훈아~ 잘해!"

"준호야, 파이팅이야!"

"대식아~ 믿을게!"

응원을 하는 건 대부분 여자들이었다.

다른 아이들의 이름은 한 번씩 불리는데 김두찬의 이름은 누구의 입에서도 나오지 않았다.

장재덕이 있었다면 또 달랐겠지만 하필, 급한 일이 있어 구경 오지 못하고 하교했다.

애초부터 응원 같은 거 받을 생각도 없었지만, 막상 이런 상황에 놓이니 입안이 썼다.

연기과에서도 여자들이 열심히 남자들을 응원하고 있었다.

하지만 남자들은 응원 따위 안중에도 없이 모두들 같은 곳을 바라보며 넋을 놓았다.

연기과 남학생들의 시선을 사로잡은 건 다름 아닌 주로미였다.

'여신이다.'

그들은 주로미의 미모에 모두 같은 생각을 하며 넋을 놓았다.

비단 연기과뿐만이 아니었다.

시나리오과의 남학생들도 족구는 뒷전이고 주로미를 힐끔거리기에 바빴다.

급기야 연기과 남학생 하나가 시나리오과 남학생에게 말을 물어왔다.

"야… 쟤 누구야?"

"어? 아, 주로미."

"주로미? 저런 애가 너네 과에 있었어?"

"있었지. 근데 흙속의 진주인 걸 아무도 몰랐던 거지. 원래는 있는 줄도 몰랐었는데 어느 날 꾸미고 오더니 사람이 달라지더라."

"진짜 예쁘다."

"어, 우리 과 꽃 중에서 가장 향이 좋지."

"쌍팔년도 멘트를……."

모든 남학생들의 관심이 주로미에게 집중되었다.

하지만 주로미는 그들의 관심 따윈 안중에도 없었다.

그녀의 시선은 코트 위의 김두찬에게 향해 있었다.

주로미는 조금이라도 힘을 주고 싶은 마음에 용기를 내서 소리쳤다.

"두, 두찬아! 파이팅! 기운 내서 잘해!"

순간, 모든 남학생들이 부러운 시선으로 김두찬을 바라봤다.

'로미야!'

방금전까지 씁쓸했던 김두찬의 얼굴이 조금 펴졌다.

"파이팅!"

주로미가 다시 한번 파이팅을 외쳤다.

'그래, 날 응원해 주는 사람도 있어!'

그에 용기를 얻은 김두찬이 밝게 미소 지으며 고개를 끄덕였다.

'정신 차리자, 김두찬! 난 다시 태어났어!'

김두찬이 속으로 결의를 다졌다.

남학생들은 그런 김두찬과 주로미를 번갈아 보며 쑥덕거렸다.

"두찬이? 혹시 쟤랑 주로미랑 너희과 CC라든가 하는 천인공노할 팩트가 존재하는 건 아니지?"

"아니… 그건 아닌데……."

"그럼?"

"모르겠어. 언제부터 붙어 다니더라."

김두찬은 얼굴이 따가웠다.

모든 남학생들이 부러움과 시기 어린 시선을 던지고 있었다.

상관없었다.

예전의 그였다면 부담스러워서 어쩔 줄 몰라 했겠으나, 지금은 오히려 살짝 즐거울 정도였다.

그때 휘슬이 울렸다.

호로로록―!

선공은 연기과 쪽이었다.

연기과의 에이스 차태웅이 서브를 넣었다.

팡!

부드러운 호를 그리며 날아온 공이 반대쪽 코트에 퉁 튕겼다.

그것을 김준호가 토스했다.

짧게 뜬 공을 뒤에 있던 정지훈이 빠르게 다가와 강하게 때렸다.

빵!

공기를 가르며 네트를 넘어간 공은 바닥에 닿자마자 우측면으로 튕겨 나갔다.

우측 수비를 맡고 있는 연기과 정재혁이 힘껏 몸을 날려 발을 쭉 뻗었다.

하지만 빗맞은 공은 그대로 코트의 선을 넘어갔다.

삐익!

시나리오극작과가 선취점을 땄다.

김준호와 강대식이 정지훈과 하이파이브를 했다.

김두찬은 그것을 가만히 지켜보며 흐름을 파악하는 한편, 포인트를 투자했다.

'체력에 343포인트 투자하겠어.'

[체력의 랭크가 D로 업그레이드됐습니다. 랭크 업 특전이 주어집니다. 반사 신경이 대폭 올라갑니다.]

[체력의 랭크가 C로 업그레이드됐습니다. 랭크 업 특전이 주

어집니다. 근력이 대폭 올라갑니다.]

　[체력의 랭크가 B로 업그레이드됐습니다. 랭크 업 특전이 주어집니다. 민첩성이 대폭 올라갑니다.]

　[체력의 랭크가 A로 업그레이드됐습니다. 랭크 업 특전이 주어집니다. 지구력이 대폭 올라갑니다.]

　김두찬의 반사 신경, 근력, 민첩성, 지구력이 대폭 상승했다.

　시스템 메시지와 함께 탄탄한 근육이 만들어지고 힘이 생겼다.

　'오케이.'

　이제 1세트는 흐름을 파악하며 족구를 몸에 익히면 된다.

　경기는 다시 진행됐다.

　이번에는 공이 두 팀의 코트를 세 번이나 왕래했다.

　그때 연기과 공격수 차태웅이 강력한 안축차기를 날렸다.

　공을 주고받으면서 시나리오극작과 쪽의 포지션은 어지러워진 상태였다.

　다들 자기 자리를 찾아가는 건 뒷전이고 공을 받아내기에 여념이 없었다.

　다행스럽게도 공은 정지훈이 있는 쪽으로 날아들었다.

　파워가 제법 실렸으나 정지훈의 실력이라면 충분히 받아낼 수 있었다.

　그런데 정지훈의 스텝이 갑자기 꼬였다.

"윽!"

그가 공을 받으려다 말고 옆으로 넘어졌다.

한데 정지훈의 뒤에는 김두찬이 서 있었다.

퍼어억!

"……?!"

빠르게 날아온 공이 부지불식간 김두찬의 목을 때렸다.

"큭!"

이를 본 정지훈이 얼른 김두찬에게 달려갔다.

"두찬아! 괜찮아? 미안하다, 다리가 엉키는 바람에."

한데 걱정스러운 표정과 달리 그의 눈은 섬뜩한 분노를 담고 있었다.

입은 찰나지간 차가운 미소를 머금었다가 사라졌다.

'또 일부러.'

"김두찬! 너 정신 똑바로 안 차려? 아까부터 멍 때리고 뭐 하는 거야, 새끼야!"

밖에서 상황을 지켜보던 심진우가 소리쳤다.

그러는 사이 정지훈은 김두찬을 일으켜 주고서 자기 포지션으로 돌아갔다.

*　　　*　　　*

시합은 계속되었다.

그런데 계속된 김두찬의 실책으로 1세트를 그냥 내주고 말았다.

다른 사람들이 봤을 때는 그랬다.

하지만 김두찬은 감을 익혀가는 중이었다.

태어나서 족구를 처음 해보는데 체력만 올린다고 뭐가 잘될 리 없었다.

게다가 정지훈의 계책도 김두찬의 활약을 자꾸 꼬이게 만들었다.

그는 교묘하게 공을 흘리며 모든 상황이 김두찬 때문에 점수를 잃은 것처럼 판을 짰다.

어느새 코트 위에서 10분이라는 시간이 흘렀다.

'3세트를 전부 뛰면 제법 익숙해질 것 같은데. 지금 이대로는 안 돼.'

이 게임은 3세트 2선승제다.

김두찬이 익숙해질 때쯤이면 게임이 끝나 버린다.

아울러 방해 요소가 있었다.

'게다가 정지훈. 저 새끼 때문에 더 힘들어.'

계속해서 정지훈이 쳐놓은 덫에 놀아날 수는 없는 일이다.

더 이상은 당하고 살기 싫었다.

이유 없이 괴롭힘을 당하는 삶과는 작별을 고하기로 했다.

김두찬이 주먹을 세게 말아 쥐었다.

"후우."

크게 숨을 내쉬며 마음을 다잡았다.

'도박을 해보자. 뭐가 나올지는 모르겠지만.'

날아오는 공들은 전부 눈에 보였다.

김두찬이 얻은 초월시각은 뛰어난 동체 시력까지 갖추고 있었다.

해서 공이 아무리 세게 날아와도 전부 눈에 보였다.

체력이 올라가며 몸도 빠른 공에 반응했다.

문제는 하나, 처음 해보는 공놀이에 아직 익숙해지지 않았다는 것이다.

그래서 김두찬은 도박을 해보기로 했다.

'체력에 100포인트를 더 투자한다.'

포인트가 투자되며 체력의 랭크가 0/1,000(S)로 바뀌었다.

[체력의 랭크가 S로 업그레이드됐습니다. 랭크 업 특전이 주어집니다. 고양이 몸놀림을 얻게 됩니다.]

『호감 받고 성공 더!』 2권에 계속…

초대형 24시 만화방

신간 100%, 샤워실, 흡연실, 수면실(침대석), 커플석, 세탁기 완비

■ 시흥 정왕25시점 ■

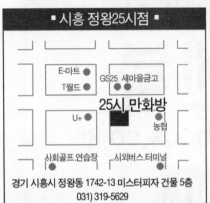

경기 시흥시 정왕동 1742-13 미스터피자 건물 5층
031) 319-5629

■ 강북 노원역점 ■

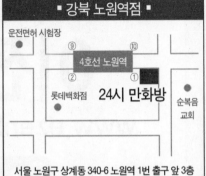

서울 노원구 상계동 340-6 노원역 1번 출구 앞 3층
02) 951-8324 (화용빌딩 3층)

■ 일산 정발산역점 ■

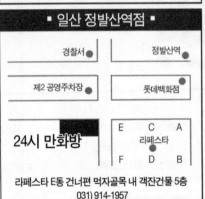

라페스타 E동 건너편 먹자골목 내 객잔건물 5층
031) 914-1957

■ 일산 화정역점 ■

경기도 고양시 덕양구 화정동 984번지 서일빌딩 7층
031) 979-4874 (서일사우나 건물 7층)

■ 부천 역곡역점 ■

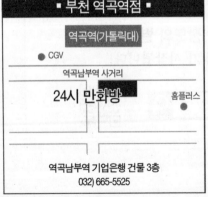

역곡남부역 기업은행 건물 3층
032) 665-5525

■ 부평역점 ■

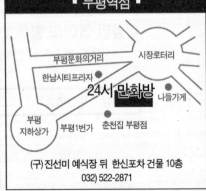

(구)진선미 예식장 뒤 한신포차 건물 10층
032) 522-2871

FUSION FANTASTIC STORY

자미소 장편소설

GRAND SLAM
그랜드슬램

2016년의 대미를 장식할 최고의 스포츠 소설!!

Career record : 984W 26L
Career titles : 95
Highest ranking : No.1(387weeks)
Grand Slam Singles results : 23W
Paralympic medal record : Singles Gold(2012, 2016)

약 십 년여를 세계 최고로 군림한 천재 테니스 선수.
경기 내내 그의 몸을 지탱하고 있는 것은…… 휠체어였다.

『그랜드슬램』

휠체어 테니스계의 신, 이영석(32).
그는 정상의 자리에서도 끝없는 갈망에 사로잡혀 있었다.

"걷고 싶다, 뛰고 싶다. …날고 싶다!!"

**뛸 수 없던 천재 테니스 선수
그에게, 날개가 달렸다!!!**

Book Publishing CHUNGEORAM

유행이 아닌 자유추구 -
WWW.chungeoram.com

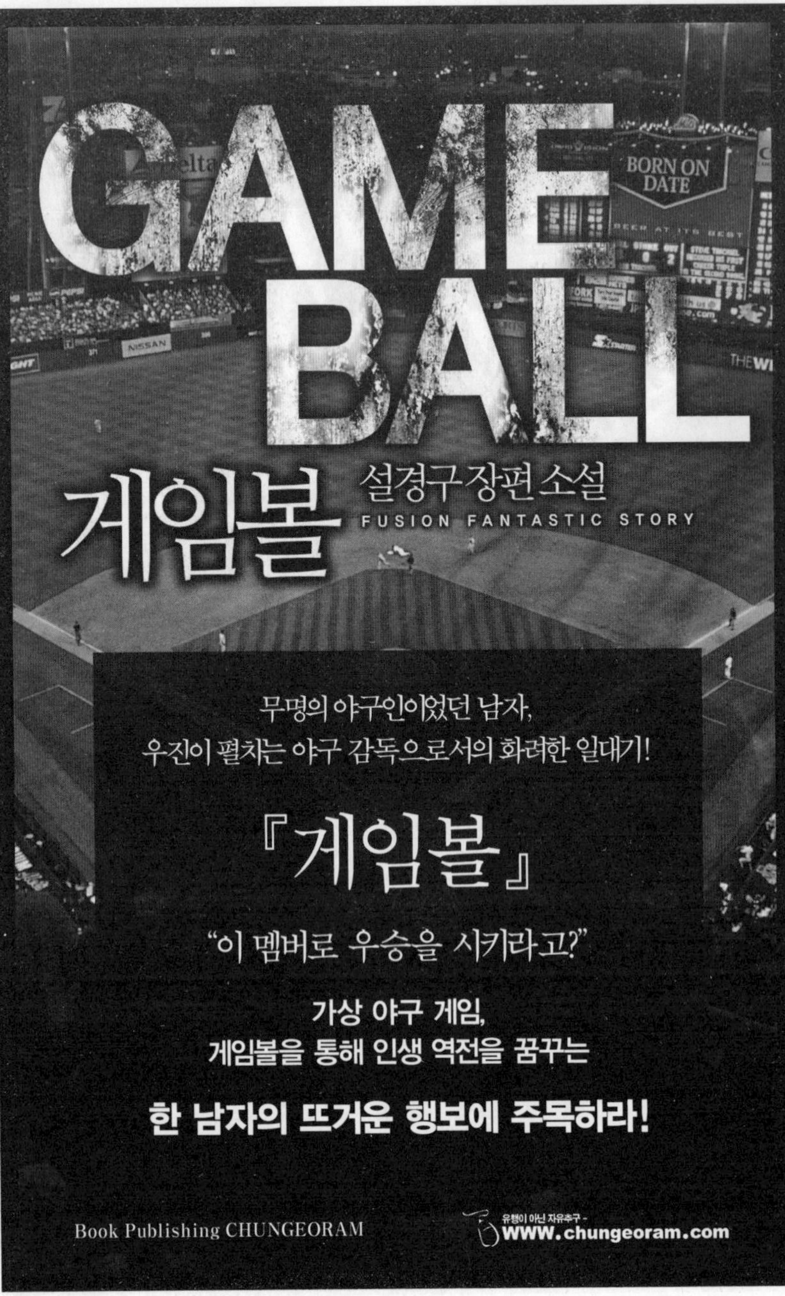
GAME
BALL
BORN ON DATE
게임볼
설경구 장편 소설
FUSION FANTASTIC STORY
무명의 야구인이었던 남자,
우진이 펼치는 야구 감독으로서의 화려한 일대기!
『게임볼』
"이 멤버로 우승을 시키라고?"
가상 야구 게임,
게임볼을 통해 인생 역전을 꿈꾸는
한 남자의 뜨거운 행보에 주목하라!
Book Publishing CHUNGEORAM
유행이 아닌 자유추구 -
WWW.chungeoram.com